皆川博子

影を買う店

MINAGAWA Hiroko

河出書房新社

目次

CONTENTS

◉

装幀◉坂野公一＋吉田友美（welle design）
作品◉佐久間遼

影を買う店

影を買う店

喫茶店の隅の席に、いつ行っても、M・Mを見かけないことはなかった。

常連という呼称もなまやさしすぎる。陳腐な形容ではあるが、根を生やしていると言ったほうが正確だ。

大正か昭和初期から生き残っているというふうな、古色蒼然とした店であった。鸚鵡《おうむ》と花をモチーフにしたアールヌーボー様式のステンドグラスの窓——その外側は世紀末の巴里《パリ》ならぬ、どぶ板の破《や》れ目から悪臭がただよう廂間《ひあわい》の路地なのだが——、張り出し窓に幾つも並んだガレを模した玻璃の洋燈《ランプ》。駅の周辺は、商店もしもたやも戦時中に強制的に取り壊され、さらに空襲にあっているのだから、戦後の建物であるのは間違いないのだし、新築当時はそれなりにモダンであったのかもしれない。

M・Mがいつもここにいることを私に教えたのは、T＊＊であった。

自殺した弟の通夜の席で、何十年ぶりかに会ったT＊＊は、名乗られてもわからないほど面変わりしていた。出版社をやっています、と渡された名刺をみて、ちょっと驚いた。名前は私も知っている真性の同性愛者だけを読者対象にした雑誌をだしている出版社であったからだ。まさか、弟の小学校時代の同級生がやっているとは思わなかった。

通夜に集った客の大半は親類縁者と弟の大学時代の友人たちで、勤務先の関係者は上司も同僚も誰一人訪れてこなかった。

私は大玄関のホールに控え、来客に菊を一本ずつわたした。ホールの右手の、かつては書生部屋だった小部屋に弟の写真は飾ってあった。通夜の客はその前に菊を供え、応接間にとおって父に悔やみを言い、それで儀式は終わるのだった。

くるほどの客はきたとみて、私は応接間にもどり、客たちに茶菓を供した。親類たちと友人たちは、それぞれ別のグループにわかれ、雑談していた。

兄は渡米していて、通夜にも翌日の葬儀にも帰国がまにあわなかった。

母は寝込み、通夜には顔も出せず、父は磊落《らいらく》をよそおった声で、客たちにしきりに説明していた。神経痛の一種で入院していたんだが、鎮痛剤の作用で朦朧となってね、夢うつつで屋上に昇り、たいそういい気持ちで宙に足を踏み出したんだ。

たいそういい気持ちだったのだ、と父は大声で繰り返した。自分の言葉を父は信じているようだった。病院の屋上には高い柵が巡らされている事実を父は無視していた。

伯父伯母、叔父叔母やいとこたちは、ひととおりの悔やみをのべたあとは、弟の死を話題にすることを慎み深く避け、したがって雰囲気はいかにもぎごちなく、だれもが暇乞《いとまご》いを言いだすきっかけを探しているふうだったが、従姉のひとりが、執拗な視線を私に投げかけていた。辞するまでに、なんとしてでも真相を私の口から聞き出さずにはおかぬというふうに。弟の死を電話で知らせたとき、なぜ？　どうしたの？　と悼《いた》みもなにもなく、好奇心丸出しで問いかけてきたのがこの従姉だった。

血縁の人々はうっとうしい限りだ。私は弟の友人たちのほうに行った。大学の部活でいっしょだった仲間たちだ。彼らはくったくない笑顔で私を迎え入れた。詮索する様子はまるでなく、逆に、私を明るませようと気づかってだろう、大学時代の弟のエピソードを競ってあれこれ語るのだった。

弟がモーさんと呼ばれていたことを、初めて知った。猛牛のモーなのだという。高校のころ柔道と空手をやって体格がよかったし、でかい単車を乗り回していたからしい。下級生たちはいささか怖がってもいたという。

大学での部活はスポーツではなく美術だった。弟と二、三の同好の仲間が、すでに社会人になっている先輩たちに支援を頼んで、それまでなかった美術部を創設したのだそうだ。

ところが、一番絵の下手なのもモーさんでね。学生展に出品したやつ、朔太郎の『猫町』がモチーフだとモーさんは威張っていたけれど、あれを猫と見るのはむずかしかったな。

蘊蓄《うんちく》はモーさんが一番だったな。

第一、『猫町』を読んだことのあるやつが部員には一人もいなくてさ。モーさん、慨嘆していた。

描くと下手なのがばれるものだから、部でスケッチ旅行なんかに行くと、もっぱら後輩を叱咤して、あとはバイクを乗り回していたっけな。

モーさん、ガタイがでかいから、後輩連中びびってさ。

弟への好意と親しみに満ちた笑い声があがり、親類たちは通夜にはふさわしからぬとみなしたようで、無言の非難のこもった視線をむけた。

言い古された表現で言えば、眼高手低。それが弟を自殺に追い詰めた病だと知っているのは、私ぐらいなものかもしれない。

父方も母方も、帝大以外は大学と認めないような家風で、兄は旧制一中の四年から一高――戦後まもないことでじきに学制が変わったから、旧制高校を知る最後の一人だ――、東大と、苦もなく通り抜けた秀才だが、弟は国立は無理で私大に入った。それだけでもう、弟は、傍《はた》が思う以上に気に病んでいたようだ。

弟は自身の嗜好に殉ずる度胸も自信もなく、卒業の後は大手の百貨店に就職した。

母方の従兄のひとりは、戦前、帝大から大蔵省とエリートコースを進んだものの、戦争にとられ、復員が後れているあいだに、同期の者にはるかに追い抜かれ、神経を病み、入院し、薬の過剰投与で死んでいる。手を焼いた妻と担当医のあいだに黙契があったと、伯母が母に訴えているのを、私は耳にした。

そのことがあるから、母は息子の精神状態を直視するのが怖かったのだろう、何も気づかぬふりをしとおした。

私だけは知っていた。女子大を中退してから、私は早く結婚しろという母の言葉にさからって家を出、翻訳の下請けで生活費を賄いながら狭いアパートに独り住まいしていた。

外商部というのか、なにか外回りの部署にいた弟は、仕事の途中、さぼっては私の部屋にきて、私が辞書をひきながら苦闘しているかたわらで、手枕でごろごろしていた。私のアパートには風呂がなく、ふたりで真昼間から銭湯にいったりした。

昼間の銭湯には赤ん坊連れの若い母親が多く、赤くゆだってふにゃふにゃした赤ん坊を、私は嫌悪した。銭湯好きの弟に連れ出されなければ、何日も入浴せずに過ごしたかもしれない。

弟は、そのころはもう、かなり重度の睡眠薬中毒になっていた。習慣性のない、生命系統に関係ない導眠剤も使われ始めていた時期だが、弟が使っていたのは、毒性の強いバルビツール酸系の薬だった。

どこで手に入れるのか、白い粉末を私にみせたことがある。そのとき、私は、一茎の真紅の薔薇が黒い地を真一文字に横切る『虚無への供物』を読みふけっている最中で、弟の相手をするのも上の空だった。

大学のころから睡眠剤にたよっていたから、弱い導眠剤では効かないのだと弟は言った。私にも少しちょうだい。姉貴はこんなのに手を出してはだめだよ。弟はきっぱり拒んだ。

上司を罵るとき、弟は饒舌になった。あいつさえいなければ、うまくいくのに。そうじゃない、と私は思った。そいつがいなくなっても、また、別の奴が障壁になる。

弟と私が疎遠になったのは、私が下請けではなくようやく自分の名前で翻訳をだせるようになってからだ。装幀に自分の絵を使ってくれと弟は言った。私はまだ装幀に口を出せるほどの実績を持っていなかった。私の一存ではできないというと、編集者に口をきいてくれないかと弟はねばった。魅力のある絵であったら、編集者に頼んだだろう。弟の絵は使い物にならなかった。私の好みに合わないと言って拒むと、蓼食う虫も……だからな、と弟はさして傷ついたふうはみせずに苦笑し、その後、私のアパートにくることはなくなった。

数年、私は弟の消息を知らなかった。弟ばかりではない、肉親、縁者の消息をいっさい知らなかった。

担当の編集者以外の人に、ほとんど会わずにすむ暮らしをつづけ、収入が少し増え、アパートから、小さくはあるけれど一応マンションと呼ばれる——大げさすぎるが——バスルームつきの部屋に移ったとき、移転の通知だけは家族にも出した。

弟がたずねてきた。翻訳の仕事に必要なもののほかはなにもおいてない殺風景な部屋を眺めまわし、いい部屋だね、と言ったが、発声がむずかしくなっており、ひどく吃《ども》った。珈琲を淹れてすすめると、カップを持つ手が震えた。異常な状態をまるで自覚していないように、弟はふるまった。ヤジブクロのところに少しは顔をだしてやりなよ。陰で父と母をまとめて呼ぶときの言い方で、弟は私に言った。むこうが私を義絶したのよ。私から頭を下げることはないわ。そう言わないでさ。兄貴は向こうに行ったきりだし、俺一人であのヤジブクロを引き受けるの、かなわないよ。兄は結婚を反対され、相手の女性といっしょに渡米し、向こうで家庭をもった。そのとき母は、息子が一人だけなら背《そむ》かれたらたまらないけれど、もう一人いるんだから、いいわ、と言ったのだった。

それから一月とたたず、弟は入院し屋上から墜死した。私も弟を殺した。そう思った。しかし、悔いも憐憫も生じなかった。私も弟を病院の屋上に立たせ背を押した一人だ。そう、事実を認めるだけだ。私の中の幾分かが死んだという事実も認める。

弟の死を電話で知らせてきたのは、父だった。父は、すぐにこい、いっしょに病院に行こうと電話口で言い、横から母が何か言ったらしい、うん？　と聞き返し、後でもう一度連絡するから待っているように、と言って切った。何時間経《た》っても連絡がないので、家に電話を入れると、母が出た。ああ、あなたなの。母の声は、暗鬱に私を拒絶していた。お父様があなたに連絡を？

あなた病院に行かなくていいわよ。母はそう言ったが、私は無理に病院の名前と場所を聞き出した。弟は霊安室に横たえられていた。砕けて無残な顔になっているのではないかと、白布をとるのが怖かったが、頭部はまったく傷ついていなかった。生前より堂々として見えた。遺品を持ち帰るように婦長に言われ、病室に行った。ベッドわきのロッカーを開けると、上着とシャツがハンガーにかけられ、下に靴、上部の棚には二冊の本が置かれていた。古本屋で手に入れたのかカヴァーがぼろぼろに破れた塔晶夫『虚無への供物』と、最新刊の中井英夫短編集『夜翔ぶ女』であった。好きなら、言えば貸してあげたのにね。

通夜の席で、親類たちと友人たち、どちらの群れからもはなれて、手持ち無沙汰なようすの男と、私は視線があった。

それがT＊＊だった。弟と小学校で同級だったくらいだから、私たちの生家と住まいは近く、ランドセルを背負って通学するのを見かけたこともあった。弟や私と同様の性向なのは、歩きながらいつも本を読んでいることで察していた。

「出版社といっても、まあ、私がひとりでやっているようなもので、あの家をそのまま仕事場にしているんですよ」

話し相手をみつけてほっとしたのだろう、名刺をよこしてから、T＊＊は間なしに、たてつづけに喋《しゃべ》った。「そちらの翻訳されるものを、いつも愛読しているんですよ。作者が無名でも、訳者の名前を信用して手にとるということがありますよね。この人が訳しているのなら、はずれはないはずだ、という。大量には売れないだろうが、嗜好を同じくする読者はかならず一定数いる」

「幸い、このところ、好みの合う編集者と組むようになったものですから」

弟とはここ十年ぐらい親しくしていたと、T＊＊は言った。「実は、入院しておられたことも、なくなられたことも知らなくてね。私が出版をやっていることに彼が関心をもってくれて、ときどき会っては、読んだ小説の話とか、喋り合っていたんですよ。そうして、彼の絵を私の雑誌に掲載するという話になったんですが、ところが約束した締切日をとうに過ぎているんですよ。連絡がとれないので、どうなっているのかとお宅を覗いたら、お通夜じゃないですか。驚きました。ご縁だなあと思って、お線香を……じゃなかった、献花ですね、させていただいて、すぐ帰るのも何だからとお邪魔をしてしまい……。神経痛だったそうですね。鎮痛剤というのは、幻覚をもたらすのがありますからねえ。私も、導眠剤と鎮痛剤と安定剤を間をおかずに服《の》んで、ひどい幻覚症状がでたことがありますよ。薬がきれれば幻覚も消えるとわかっているから、驚きもしませんでしたがね。別にらりる目的ではなく、食事の時間の不規則からそういう羽目になって。彼はまだ若いのに、なんとも残念ですが、心地よい状態で死ねたというのは」幸せと言いかけたのだろう、T＊＊はばつ悪そうに言葉を途中でのみこみ、なんだか強引に話題を変え、M・Mが駅の側にある喫茶店に入り浸っている話を持ち出したのだった。なぜ、唐突にM・Mの名を出したのかと訝《いぶか》しんだ。

「彼もよく行っていた店なんですよ。彼、珈琲にはうるさかったですよね。彼との打合せや雑談には、いつも、その店を使っている……いや、いたんです」

M・Mって不細工な小母さんですよ、とT＊＊は決して嘲る口調ではなく言った。私はそのときまだ、M・Mを作品でしか知らなかった。M・Mの父が明治を代表する作家であったことも、彼女が父に溺愛されたことも何も知らず、ただその特異な小説に惹《ひ》かれ名前が心に残っていただけだ。

「青柳って和菓子屋をご存じですか。駅のすぐ傍《そば》の」

「踏切を渡って向こうね。私はあっちにはあまり行ったことがなくて」

「和風の喫茶店も兼ねていて、前はよくそこを根城にしていたんですが、いや、私と彼ではなく、M・Mが。それから、珈琲専門のあっちの店に居場所を変えたんです。青柳では変な小母さんとしか見られなかったのが、珈琲店のほうは店主がM・Mの小説をよく読んでいて、ファンなんですね。だから居心地がいいんでしょう。原稿書きはもっぱらあそこらしいですよ。開店から閉店まで腰をすえていることもあるそうで」

そうして、T＊＊は言い添えたのだ。「その喫茶店は、パープルゾーンにあるんですよ」

とっさに答えが浮かばない私に、T＊＊は北叟笑《ほくそえ》んでみせた。「彼の遺影の前に中井英夫の著書が二冊供えてありますよね」

「ええ」

掌編「影を売る店」は、ショートショートランドに掲載され、その後『夜翔ぶ女』に収録されている。

〈二つの私鉄が交差するS＊＊駅の周辺は、このごろ特に若者の街として知られるようになった。というのも、東西南北四つに区切られた空間のそれぞれが、オレンジ・淡紫・赤・緑といった具合に別な色調で発展し、商店街も独自なニュアンスで彩られているからであろう。〉

S＊＊すなわち下北沢駅とその周辺は、私の生家からほど近い——T＊＊の家にも近い——馴染みの場所である。戦前は場末と呼ばれるみじめったらしい町だった。駅前は、敗戦直後の闇市がそのまま市場になり、雑然としたままで、昨今はたしかに若者の街、お洒落な街ともてはやされているのだけれど、私にはうらぶれたかつての佇《たたず》まいが二重写しになって、なにがお洒落なんだか、現在のありようが蜃気楼のように感じられてならないのだった。もっとも、戦前なら渋谷だって薄汚い場末で、都会らしい街といったら銀座ぐらいしかなかった。戦後の東京のどこを見ても現実感をもてないのは、空襲の荒廃を経た戦前生まれのどうしようもない性《さが》なのだろう。

昭和三十九年二月二十九日第一刷発行の奥付を持つ塔晶夫『虚無への供物』の著者略歴には、〈現住所・東京都新宿区下落合4の2123中井英夫方〉と記されているから、中井英夫師が下北沢に立ち寄られるようになったのは、東松原の羽根木に移られてからだろう。小汚い下北沢を見ておられないゆえに、あのような夢幻の街を描き得たのだろう。

そんなことをひとしきり喋りあって、T＊＊は腰を上げながら、「いま、どちらにお住まいなんですか」と訊《き》いた。

私が家を出たことは、弟から聞き知っていた。

「三鷹台です」

「井の頭線の沿線ですね。下北沢まで一本だな」

M・Mがよく行くという喫茶店の場所と名前をT＊＊は教えた。

それにしても、親しいわけでもなく、好感をもったわけでもないT＊＊に、私はどうしてあんなことを口にしてしまったのか。

「生きているふりをするのって、草臥《くたび》れますね」

Ｔ＊＊はすんなり「そうですね」と応じた。

〈さて西のパープルゾーンは、かりに菫地区《すみれ》といいかえてもいいのだが（略）迷路を思わせる抜け道や、房咲きの薔薇が照り翳りする空地も残されてい、そして〝影を売る店〟は、当然のようにこの一画の中にあった。〉

通夜の翌日、僧侶は呼ばず宗教色のない身内だけの簡単な葬儀もすんで、私は住まいに帰った。二冊の本を持ち帰った。同じものを所持してはいるけれど、柩《ひつぎ》に入れて焼くのは辛すぎた。母は急に心細くなったとみえ、マンションを引き払い、いっしょに住むよう泣き落としにかかったが、私は拒み通した。募る嫌悪感をどうにか隠しおおせた。

父が無宗教なおかげで、初七日だの三七日だのといった法事はいっさいなしだった。

一月あまり経ってから、菫地区に行ってみた。Ｔ＊＊が言っていた店はすぐにみつかった。隅っこの四人掛けの席を占めたＭ・Ｍも、写真を見たこともないのに一目でわかった。

扁平な丸顔の頬がたるみ、はりを失った瞼《まぶた》が細い眼にかぶさった、着古して袖口がのびたグレイと白の横縞《よこじま》のセーターを無造作に着た、一見平凡な初老の女だが、店内には自分と店主の二人しか存在しないというふうな傍若無人な雰囲気をそなえていた。

原稿用紙をテーブルにひろげ、ボールペンでがしがしと書いたり塗り消したりしていた。私は少し離れた席でモカをとった。出入りする客はＭ・Ｍの存在を気にとめていなかった。

小一時間もすると、Ｍ・Ｍはふらりと外に出ていった。布の買い物袋をさげていたが、原稿用紙とボールペンはテーブルにおいたままだ。戻ってくると、紙包みをひろげた。近所のパン屋で買ったらしいサンドイッチが入っていた。店主が新しく淹れた紅茶のカップをおいた。悠然とサービスを受けるＭ・Ｍには貫禄と無邪気な愛らしさがあった。店主は、他の客には、食べ物の持ち込みなど決して許さないであろう。

作者の日常には興味がないし、素顔を知りたいとも思わない。小説だけを読んでいればいい。それなのに、なぜ、私はＭ・Ｍが巣にしている喫茶店をおとずれ、彼女をみつめているのか。とうてい日本にあるとも思われぬ、かといって欧羅巴《ヨーロッパ》そのものでもない奇妙な土地における、驕慢な同性愛者たちの交《こう》絡《らく》を瑰《かい》麗《れい》な――気取ったと言おうか――文章で刻みあげる小説の作者が、外で買ってきたサンドイッチを喫茶店に持ち込み、口のはたを拭《ぬぐ》いながらボールペンで原稿用紙にむかっている初老の女であると知ることに、何の意味がある。

そう承知しながら、私は自分の躰《からだ》が消えてしまったふうで、席を立てないでいた。

一区切りついたのか、Ｍ・Ｍは小学生が持つような筆箱にボールペンをおさめ、原稿用紙といっしょに買い物袋に突っ込み、出ていった。

古びた焦げ茶色の革張りの椅子に、鋭利な鉋《かんな》で削り取ったように影が、一枚、残った。革の色が透けそうに薄かった。

私は喫茶店で書き物をする習慣はない。深夜、自室で手擦《てず》れのした辞書をひきながらでなくては仕事に集中できない。それなのに、何日も行かないでいると苛《いら》立《だ》ってきて、私は、わざわざ私鉄に乗り下北沢の喫茶店に出向くようになっていた。

いつ行っても、Ｍ・Ｍは隅の席にいた。私の目覚めは陽《ひ》が高くなってから――時には陽が沈みはじめるころ――なので、Ｍ・Ｍより先に店に着くことはなかった。

それはいっこうにかまわないのだった。私が惹かれたのは、仕事をするＭ・Ｍではなく、彼女が立ち去った後に残る一枚の薄い影であった。……いや、惹かれたのは、それをそっと剝《は》がす店主の仕草《しぐさ》であった。

M・Mは不器用とみえ、彼女が席を立ったあとのテーブルには、子供の食べ跡のように、こぼした珈琲がしみをつくり、パン屑が散っていた。汚れたカップやグラスを左手の盆にのせ、テーブルを一拭《ふ》きしたクロスも盆の縁においてから、店主はさりげなく右手で椅子から影を剝がす。あるかないかの薄い影がべろりと椅子から剝がれるとき、なぜか私は性感を刺激されるのだ。何とも知れぬ手が私の体内にしのびこみそっと撫でさするような。きわめて正直に告白すれば、その性感を得るために、私は私鉄に乗ってこの店にくるようになったのであった。

中井英夫に北川雅人の名を与えられた掌編の語り手は、影を売る店を再訪するのだが、〈当然のように、〝影を売る店〟はパープルゾーンのどこを探し歩いても見つからなかった。〉似たような店で訊《たず》ねると、〈あるじは茫漠とした眼になって答えた。／「そういえば確か緑地区へ移ったと聞きましたよ。商工会議所の向かいだとか」／だがおそらく、そこへ行ってみたらオレンジ地区へ越したといわれ、さらにはレッドゾーンへ越したといわれることは容易に察しがついたので、雅人は黙って北口駅前の市《いち》へ行き、北海特産の魚・キュウリや例の公魚《わかさぎ》など、ささやかなお惣菜を買って帰った。〉

店主がM・Mの影を剝がすときに私が感じる性感は、店主とM・M、双方が感じる感覚の余波ではあるまいか。

北川雅人も、この店の秘《ひそ》かな性戯を知っているのではないかと、私は夢想した。彼もまた、ここに影を残し、店主の愛撫にまかせることがあるのではないか、それゆえ、読者には店の存在をはぐらかしたのではあるまいか、などと。

弟とT＊＊もしばしばこの店を使った。つまり、二人とも店主の秘戯を知っていたのではないか。弟は睡眠剤ではなく影の性感に中毒していたのではないか。T＊＊も、おそらくそれを味わっている。でも、T＊＊は弟より強靭で、衰亡と死を免れている。私をもひきずりこむために、店を教えたのではないか。

そんなことを、T＊＊に確かめようとは思わない。いいえ、と一言いわれれば、それ以上追及のしようはないのだし、性感にかかわることは口にはできない。

私は次第に仕事はおろそかになり、店で時を過ごすことが多くなった。M・Mのほかには、影を残す客はいなかった。

M・Mはやがて死んだ。店主は、私の影を奪うようになった。ずっと前から生きているふりをしてきた私は、草臥れきっているけれど、これ以上死ぬことはない。店主との秘かなかかわりは、これからも続くだろう。影を一枚奪われるたびに、私の躰の内側は薄くなるので、少しずつ透明になり、生きているふりをしなくても、だれの目にも見えなくなり、最後の皮膚が一枚の影と同化したとき、たぶん、消滅できるのだろう。

私は喫茶店を出て、北口前の市場でささやかなお惣菜を買い、そのとき、残してきた影を剝がされる感覚が体内を走った。店主の奇術師のように繊細な指の動きが、眼裏《まなうら》に視《み》えた。

使者

彼が存在した確実な痕跡といったら、今では、役所に記録が残っている出生証明書と死亡証明書、そうして、二つの証明書を結ぶ二十一年という歳月の、末期に書かれた二通の手紙、それだけである。出生届けさえ出されていなかったかもしれない。

生涯に書いた手紙がわずか二通ということはあるまいから、その余《よ》は、彼の死後さらに半世紀あまりを閲《けみ》した歳月によって、焼失、腐朽《ふきゅう》、消滅したのであろう。

彼は散文詩とも小説ともつかぬ文章を書いていたらしいのだが、自筆原稿は断片すら見当たらない。

存在の間接的な証跡《しょうせき》となれば、いくらか、ないでもない。たとえば、彼が訪れたであろう薬局の薬剤師は、コカインやエーテル、クロロフォルムを買いにきた彼をおぼえていたかもしれない。しかし、大勢の客の一人である彼が印象に残ったかどうかはこころもとないが。

彼の出生地と死亡した場所は異なるので、その間に彼が移転した地の、どの薬局で購入したかを突き止めるのは不可能に近いし、薬剤師の多くはとうに寿命尽き、墓の下で休《やす》らっていることだろう。

だいたい、何の業績を残したわけでもない人間が出した手紙が、二通残っているだけでも、珍しいといえよう。

手紙というのは原稿の売り込みで、それに対して返事を出した編集者がいたというわけだ。ゆえに彼は、その編集者——というのは、つまり私のことなのだが——に、再度手紙を出しているのである。

彼の死は、小さい新聞種になった。

私に二通の手紙をよこした相手と、新聞種になった死人を結びつけることができるのは、私だけである。

彼の遺稿が手元にあれば、死の直後は出版の好機であったろう。彼の名前は——それどころか存在そのものさえも——たちまち、世人《せじん》から忘れ去られてしまった。

手紙の文面から察するに、彼はきわめてありふれた若者であった。火の輪の中心に立ったような過剰な自負心と、腐った水蜜桃《すいみつとう》みたいな極度の自信喪失のあいだを揺れ動き、船酔いに似た神経症に陥《おちい》り、薬の助けによってその傾向を助長していた。傲岸不遜《ごうがんふそん》の鎧《よろい》で少女めいた羞恥心をかくし、大人っぽく節度を守ろうとして不用意に幼稚な厚顔さを露《あらわ》にする。天賦《てんぷ》の才を世に正当に評価されていないと憤《いきどお》り、不遇のすべての責めを他者に負わせるこの手の若者は、私の身近にもうんざりするほどいる。

彼の最初の手紙は、他の多くの作家志望者が出版社に送りつけてくる手紙と大差なかった。これまで誰一人著《あらわ》したことのなかった斬新な作品。具眼《ぐがん》の士《し》とめぐりあう機会をもたなかったばかりに、埋もれてきた天与の才能。自分の作品を出版することは、いずれ社の名誉となるだろう。目をとおしていただけるなら、お目にかかって手渡ししたい。

文の最後には、イジドールとしか署名してなかった。それが、そもそも、いかがわしいともいえた。

姓まで、あの四十年あまり前に夭折《ようせつ》したイジドール・リュシアン・デュカスと同じであったら、私は悪戯《いたずら》と思い、腹をたてただろう。あるいは、己《おのれ》を夭折の天才詩人ロートレアモンの再来とでも自惚《うぬぼ》れているのかと鼻白《はなじろ》んだであろう。

あのイジドール・リュシアン・デュカスの最初の原稿を見たのは、私だった。

首都。だれもかれもが、ここにきさえすれば、うまくいくと思い込んで集まり、さりながらどこもかしこも失意の陥穽《かんせい》ならざるところはない都。

落魄《らくはく》したものと落魄の未来を持つものが屯《たむろ》する裏通りの下宿に、かつて、イジドール・デュカスと私は隣あわせに住んでいたのだった。

私はそのころから出版社に勤務していた。プロイセンとの戦争がたけなわであった。

その時代に、私は若い男の仕事を一緒に任されていた。

私はそのころから出版社に勤務していた。二十にもならない若僧だから任せられる仕事といったら使い走りばかりであったが、見栄をはって、いっぱしの編集者のように隣人には語っていた。そのゆえに、デュカスは一縷《いちる》の望みを私に託したのだろう。お互い、面皰《にきび》のふき出た、逸脱しがちな性欲に悩まされる十代の終わりごろであった。デュカスの散文詩は、青臭さが鼻持ちならないとしか、そのとき、私には感じられなかった。社に持ち込んでみたものの、一顧だにされなかった。その後、デュカスは下宿を引き払い、消息は絶えた。

ロートレアモン伯爵の『マルドロールの歌』なる一書が人の口の端《は》にのぼるようになったのは、二十年ほど前のことだ。私は中どころの出版社で文芸書の編集にあたっていた。高名な詩人レミ・ド・グールモンが注目したことによって、世人の関心をひいたこの書は、さらに十数年さかのぼる時期に一度出版されたのだが話題になることもなく、無数の出版物の海の一滴となり消えたものだったという。

冒頭部分を読んで、埋もれた記憶の底から、下宿で隣り合った若い男がたちあらわれた。ロートレアモン伯爵とは大仰な筆名をつけたものだと、私は苦笑しただけだったが、爾来《じらい》、二十年のあいだに『マルドロールの歌』はシュールレアリストたちの聖書となり、版を重ねている。

イジドール・デュカスは己の成功を知らず、二十四歳で夭折したそうだ。

イジドールと名のみを記した手紙が私のもとにとどいたとき、私は六十路《むそじ》を越え、出版社の重役の地位を後進に譲るべきときになっていた。

その手紙がなんとなく心にひっかかったのは、ロートレアモンことイジドール・デュカスに対するかつての眼識のなさを秘《ひそ》かに恥じていたからである。私とて、何人かの新鋭を世に送り出し、また部数を重ねる書物を出版し、社の業績に多大な貢献をなしている。他のものの言であれば、動ずることはなかった。しかし、レミ・ド・グールモンは、私がかねがね親昵《しんじつ》し、その詩作に深い感銘を受けていた詩人であった。十二歳年下のグールモンの、よき理解者をもって私は任じていた。グールモンが最大の讃辞を贈った『マルドロールの歌』を、誰よりも早く目にしながら、私は理解できなかった。正直なところを言えば、いまだに、私には、こけおどしの戯言《ざれごと》としか感じられず、そのことがいまもって私の自信を揺るがせている。それほど、私はグールモンに信をおいている。

夭逝の天才デュカスと同名を名乗る相手に、書いたものがあるのなら見せたまえ、と私は返信を出した。

認《したた》めた返信を封筒におさめ、蠟《ろう》を垂らし頭文字を刻んだ印形《いんぎょう》を押して封緘《ふうかん》し、薄いコートの内隠しに入れ、投函すべく会社を出た昼下がりを、私は今もってよくおぼえている。給仕にまかせてもいいことであったが、私は散策を楽しみたい気分になっていた。それぱかりではなく、仔細《しさい》に思い返せば、彼と私のあいだに他人を介在させたくないという、妙な独占欲にとらわれてもいたようだ。

落葉樹は春の芽吹きで霞《かすみ》だち、封書をポストに落とした後、私の足は広場にむかった。大規模な市《いち》がたち、移動遊具が人を集めていた。遊具を馬車に積み、市から市へとめぐり回る連中が、見世物の天幕を張り、組立式の回転木馬や小型観覧車を据え、呼び込みが声を嗄《か》らしていた。

クレープ売りや射的の屋台の前に人だかりができ、楽隊が客寄せのトランペットを吹きならし太鼓を叩き、ヴァイオリンをきしきし奏《かな》でていた。

兵士の黄金の像のように見えるのは、オム・ド・ブロンズだ。軍服ごと、頭の天辺《てっぺん》から爪先まで膠《にかわ》入りの金粉で塗り固めた男たちが、通行人が集まるや、ポーズをとり、戦闘場面の活人画を始める。

モロッコ事件でドイツとの間が緊張し、仏独開戦の危機をあやうく回避したばかりの時期だった。ドイツとイギリスの軍備拡張競争もつづき、早晩《そうばん》、ヨーロッパの大戦争は不可避とみられていた。

突撃！　軍旗に続け！　やられた！　ひるむな。

見物は、戦闘場面を演じる黄金の兵士たちに声援を送っていた。

一つの遊具が私の目を引いた。いつ掘られたのか、巨大な池がつくられ、その岸に十数メートルはある櫓《やぐら》が高々と組まれていた。池の水は広場の近くを流れる川から引き入れ、循環してまた川に戻る仕組みになっていた。

櫓の頂上から水中にむけて急傾斜の、レールのついた滑り台が設《もう》けられ、反対側の階段を二スーの切符を買った客たちはのぼる。

櫓の頂上には、七、八人乗りの軽快なボートがアララテ山頂の方舟《はこぶね》のように置かれていた。この遊戯施設が人気を集めるようになったのは、十年ほど前に催されたイギリスのグラスゴー博覧会において設置されたのがきっかけだ。私が子供のころは、まだ見かけなかった。今では、女や子供にまじってスリルを楽しむのは体面が許さない年になっていた。

定員を超える客を乗せたボートの舳先《へさき》には、半袖の水兵服に青いズボンの若者が佇立《ちょりつ》していた。櫓の上り口近くで楽隊が景気よく煽り立てるような曲を奏で、シンバルが金属音を響かせるのを合図に、発射された砲弾の勢いで、ボートは斜面を滑降した。

婦人客の鍔広《つばひろ》の帽子が空に舞い、金髪がなびき、子供たちが悲鳴をあげ、ボートは舳先から水に突っ込んだ。

神への激しい祈りのように、すべての水を引き絞り天帝にむけて放つように、飛沫《しぶき》は高く噴き上がり、視野を占めた。

飛沫よりも高く、舳先の若者は跳躍していた。天空を貫く槍《やり》であった。水兵服の青い襟《えり》は逆立って炎のように若者の頭を包んだ。

舳先の若者が宙に跳ぶことによってボートは平衡を保ち、際どいところで水平になった。若者は計ったように正確に、舳先に舞い降り、しなやかに身を反《そ》らせ、よろめきもせず棹《さお》をあやつった。

若者の濡れとおった服は、慎み深く彼の裸体《らたい》を隠す役に立たなくなっていた。皮膚と同じように肉にはりついた布のわずかな皺《しわ》が、肉体に陰影をつけていた。青く翻《ひるがえ》った襟は、今は従順な女奴隷のように、若者の肩に寄り添っていた。

池畔《ちはん》のちょうど真向かいの位置に、私は立っていた。ボートは狙いを定めたように舳先を私にむけ、進んできた。

遠目には、かつてのスペインの、あるいは今の大英帝国の、無敵の艦隊をひきいる誇らかな艦長ともみえた若者の表情は、間近に見ると倦怠《けんたい》と侮蔑に青白んでいた。

一瞬の滑降の昂奮からまだ抜け出せないでいるのは、女や子供を主とした乗客たちであった。水しぶきのすべてを若者が己が身に引き集めたのか、客たちはほとんど濡れていなかった。

狂乱の果てに身を投げたオフィリアが静かに川面《かわも》を漂い流れるように、ボートはゆるやかに流れ、近づいてきた。

船着場には係員が二人待ちかまえていた。彼らは水兵服ではなく、薄汚れたシャツによれよれの木綿《もめん》のズボンを穿《は》いていた。一人がボートに向かってロープを投げた。その端《はし》を若者はとらえ、輪を舳先に引っかけた。馬に牽《ひ》かれる柩《ひつぎ》のように、ボートはたゆたいながら接岸した。

下りる客たちに彼は手を貸した。その仕草《しぐさ》は、少しも心がこもっていないからだろう、場違いなほど優雅にみえた。

最後に、船縁《ふなべり》を蹴って岸に飛び移った。

空になったボートは後尾につけたロープで、櫓に向かって牽引《けんいん》され、ウインチで巻き上げられて斜面をのぼり、頂上におさまった。待ちかねていた次の客たちが乗り込んだ。舳先に立ったのは、別の男だ。

若者は皮膚を脱ぐように服を脱いだ。岸にいた係員から渡された乾いたタオルで、水草めいて額にはりついた髪を、がしがしと拭《ふ》いた。

人工の池のほとりをそぞろ歩く遊客のなかには、人前で肌をさらす若者の不作法さに、あからさまに眉をよせる婦人もいたが、咎《とが》めながらもその視線は彼の鎖骨《さこつ》の窪みに光のように溜まった水滴が三角筋や大胸筋に沿ってしたたり流れるのを執拗に追っていた。

係員の一人とじゃれ合いながら、若者は懶惰《らんだ》な足取りで歩み去った。

私もまた、遠ざかる彼の背《そびら》から目を離せないでいた。

卑《いや》しげな笑い声を、私は耳の傍《そば》に聞いた。

「あいつは止《や》めたほうがいいですよ」残った係員が、まるで私の気持ちの戦《そよ》ぎなど見通しているといったふうに、囁《ささや》きかけているのだった。「あの若いのは、薬でいかれているんでさあね。もし、旦那がお望みなら」

「薬?」と、私はさえぎった。

「アヘン、コカイン、エーテル、クロロフォルム」

「中毒者か」

相手は肩をすくめた。

そのとき私をとらえた確信は、いったいどこからきたのか。

彼こそ、私に手紙をよこしたあのロートレアモン伯の本名を僭称《せんしょう》する若者にちがいない。住まいの所番地は、この広場ではなかったか。

移動する彼らは、市のあいだ、その場に設営した天幕や仮小屋を塒《ねぐら》とする。

彼は、私を名指しで手紙を寄越した。編集者としての私が、新人の発掘にかけて目利きであり、その育成に実績があることを、聞き知っているのにちがいない。

彼の手紙には薬の常用者であることをうかがわせるフレーズが散見できた。彼はエーテル中毒のジャン・ロランのように仮面と亡霊にこだわり、影と骨にこだわり、予言者のごとく神の幻《まぼろし》を視《み》ている。

私もこれらの薬には馴染んでいるので、自信を持って断言できる。彼が視る幻は、薬がもたらしたものだ。

動脈に太陽の光が流れるような若者と、薬におかされた中毒患者がどうして同一人物であり得ようと、人は疑うか。

彼は、健康という慢性的に人を蝕《むしば》む病を癒《いや》すために、薬物を摂取しているのだ。

明日、遅くとも明後日には、私の頭文字を刻印した封蠟で封緘した手紙を彼は受け取るだろう。

私はしばらく池畔に佇《たたず》んでいたが、彼が舳先に立つ気配はないので、社に戻った。二、三の稟議書に目を通さねばならなかった。

彼からの二通目の手紙は、四日後に届いた。それまでの間、私は毎日、昼のひとときを、舳先で跳躍する彼を眺めて過ごしていた。

ボートが櫓の頂上を発し、レール上を滑降して水に突っ込むまでの時間ときたら、ほんの数秒にすぎない。八秒とかからないだろう。危険もない。女や子供は、この程度でもスリルをおぼえるようで、その数秒間のわめき声といったら、タタールの襲撃を受け逃げまどうスラヴ人のようだ。水に突っ込む瞬間、絶叫は最高潮に達する。慎みをかなぐり捨てる口実を得たように、娘は連れの男に抱きつく。私の若者は、天にむかって落下する。

その後の、着岸するまでの怠惰な退屈な時間は、一瞬の歓喜、悦楽を、客たちが反芻《はんすう》するためにある。

彼と言葉をかわすことはなかったが、彼が中毒者であると告げた男は、しつっこく私にまつわりつき、彼よりましな子を引き合わせると言うのだった。仲介料をとろうとしているのは明白だった。

二通目の手紙は、ますます、彼が薬物愛好者であることを示していた。彼は音を色彩で表現し、彼が見る奇怪な夢について語っていた。そして罌粟《けし》について言及し、倦怠を語り、憂愁《ゆうしゅう》と虚無から突如解き放たれる愉悦を独白のように昂揚した筆で記した。

それらはすべて、私自身も経験したことがらであった。

二通目の返信を、私はしたためた。大都会の黄昏《たそがれ》、そそりたつ黒い壁にかけられた仮面の孔からのぞくものについて語り、私の寝室の壁にかけたタピストリの山羊《やぎ》がどういう表情で嘲笑するかを教えた。

そうして、君と会う時間をとろうと記した。君がダイアモンドの原石か、駄石にすぎないか、私は見抜く力を持っている。

もし、私の目に叶《かな》えば、グールモンに推輓《すいばん》を頼んでもいいとさえ、私は仄《ほの》めかした。

投函した翌日、私は激しい頭痛に見舞われ、社に出勤することも叶わなかった。

さらに翌日も、頭痛は続いた。植民地出身の家政婦は、奇妙な味の粥《かゆ》をつくってくれた。それが効いたのか、昼近くになると気分は爽快になり、私は散歩がてら市に寄ってみることにした。

今思えば、それは、サラエヴォの銃声によって欧州中が戦火の渦《うず》となった大戦の勃発よりわずか二年前。市民はのどかに遊んでいた。色とりどりの風船が空に飛びかい、街頭絵描きが道行く人をモデルにコンテを走らせ、大通りを白馬に曳《ひ》かせた山車《だし》が練り、人の輪ができた中央では、力持ちの大道芸人が鉄の棒をへし曲げていた。

袖をひかれた。薄汚れたシャツに木綿のズボンの例の男が、「旦那」と声をひそめて呼びかけ、金をねだった。麻薬中毒の卑しい若者に執心して通いつめているのは、世間をはばかる醜聞であり、ばらしたら、旦那は地位を失いますぜ、と男は脅迫しているのであった。

男を突き飛ばし、池に行った。彼が舳先に立つことを確かめてから、私は二スー払って櫓にのぼった。

頂上に立つと、櫓は、池畔から眺めるよりはるかに高かった。

ボートに乗り込む人々に、彼は手を貸していた。下船に際して手を貸すときと同じように、優雅であり冷淡であった。

彼は、このとき、いつもの水兵服を着けず上半身を剝き出しにしていた。

不作法を咎めるものは、さしあたって、いなかった。

私は、彼が上の空で、服を着忘れたことも自覚していないのではないかと思った。

上の空であるのは当然だ。私はグールモンの名まで出したのだから。これから世に出たい無名の詩人にとって、グールモンは仰ぎ見る神にも等しかろう。

彼の皮膚の内側は、期待と不安、緊張、過剰な自信とその喪失感が滾《たぎ》り、彼の目は外の事象を何も見ていないだろう。

私にも、彼は目を向けない。彼は知らない。自分の命運を握っているのは神ではないということを。

ボートが解き放たれる瞬間を待つ客たちの緊張が、私にもつたわる。

彼は、もっと緊張している。彼の碧玉《へきぎょく》色の目は、血走って紫がかり、筋肉を束ねる腱《けん》はピアノ線のように張りつめ、密生した産毛《うぶげ》が逆立った腕は利鎌《とがま》めいて、細かい慄《ふる》えが皮膚を波立たせる。場を重ねたオペラの歌手でも、幾多の困難な舞台をこなしてきた名優でも、幕の袖で出を待つあいだは、極度の緊張に失神しかねないほどだと聞く。

彼の役割は、確かに熟練を要する。急滑降するボートの舳先に小揺るぎもせず屹立《きつりつ》し、水に接する瞬間を摑《つか》んで膝と腰の屈伸をバネに跳躍し、その間に惰性で先に進んでいるボートの細い舳先に、寸分のずれもなく着地するのは、なまなかな技ではない。

しかし、彼はこれまで、緊張や不安のかけらも見せず、やってのけてきた。

彼が強張《こわば》っているのは、別の、私しか知らない理由からだ。

私は、彼の心を読むことができる。彼は、私からの二通目の手紙を、諳《そら》んじられるほど読み返した。今も、彼は、小さい子供を抱きあげ、先にボートに乗った若い母親の膝におろしてやりながら、心のなかで繰り返しているのだ。〝君と会う時間をとろう。君がダイアモンドの原石か、駄石にすぎないか、私は見抜く力を持っている。〟

そして、グールモン、と彼は偉大な詩人の名をそっと舌にのせる。彼の作品がグールモンの目にとまる。それは、一介の兵卒がビスマルク鉄血宰相《てっけつさいしょう》からじきじきに戦功を讃えられるようなものだ。

シンバルが金属音を響かせた。

ボートは滑降する。水に達するまでの、観客の目にはほんの数秒としか思えない時間が、乗っている身には、はてしなく引き延ばされるように感じられる。

終わりはある。ばしっと躰《からだ》に衝撃を覚えたとき、彼は宙に飛翔した。

彼の肉体、彼の魂は、緊張の極限に達していた。

皮膚に亀裂《きれつ》が走り、銃弾を受けたガラスのように、亀裂はみるみる八方にのび広がり、蜘蛛《くも》の巣状になり、裂け目からのぞいた肉は赤く生々しく、脂が白い層をつくり、そのとき、私の身のうちに迸《ほとばし》った感覚は、これまで如何《いか》なる女からも与えられたことのないものであった。彼の皮膚の破片は陽光の一片一片となって、燦爛《さんらん》と蒼穹《そうきゅう》に舞い、私に降り注いだ。佚楽《いつらく》の剣は私を貫き、その後の記憶はとぎれている。

私が覚醒したのは、病院のベッドの上であった。ボートが転覆したという。救助が早かったから、溺死した客はいなかった。老女がひとり死んだが、溺死する前に心臓が停止していたそうだ。

私とて転覆の被害を受けたひとりだ。処遇は同情深くあってしかるべきだと思うのだが、警官の取調べは峻烈《しゅんれつ》であった。着水の瞬間、私が奇声をあげて舳先の若者に抱きつき、そのためにボートが覆《くつがえ》ったという。もとより、身に覚えのないことであった。

取調べの最中に、頭部を強打された男の死骸《しがい》が仮小屋の陰でみつかり、その身許はボートの係員の一人と判明した。

私に糾弾される理由があるとすれば、その男を殴り倒し、脳震盪《のうしんとう》を起こさせ死に至らしめたということにある。しかし、その男の出がジプシーであったせいか、事件として問題にはならず、等閑《とうかん》に付された。

警官ばかりではなく血液の検査やらなにやらまでなされ、私は強度の薬物中毒患者であるとされ、強制的に入院させられた。

客に溺死者はいなかったが、舳先の若者が浮かび上がることはなかった。池底をさらったが発見できず、循環する水流に巻き込まれ川を流れ、河口より海に流れ去ったという結論になったそうだ。

この日が、彼の死亡の日として、役所の記録に残った。

彼は、もう一人のイジドール・デュカスであると、私は思う。ロートレアモンになる時をあらかじめ失ったイジドールである。あんなに緊張することはなかったのだよ、と私はやさしく彼に語りかける。しかし、君は、私に最大の愉楽を与えてくれた。それが、君の、現世における存在理由だ。

君が私の肌に残した皮膚の数片は、私に貼りつき、輪郭は溶け、私の一部となっている。

それを否定しないかぎり、医者は私を外に出さないというのだが、外が私に何の意味があろう。君の皮膚の断片にみあう〈外〉など、ありはしないのだ。

猫座流星群

勝男がくるようになるまで、弟とわたしは、何をして遊んでいたのだったろうか。二階の子供部屋には、半月型の脚をもった屋内シーソーと屋内滑り台があった。二つ三つの子供にあわせた大きさであり、わたしはそんな年頃はとうに過ぎていた。

玩具を自分からのぞんで買ったことはなかった。子供部屋に玩具は溢《あふ》れていた。弟とわたしは、母親の入念な配慮によって選ばれた〈教育的な玩具〉をあてがわれた。

学校ごっこ用の一寸四方ほどの豆ノートと豆教科書。汽車ごっこ用の薄っぺらな切符と小さい穴を開けるだけの弱々しい改札鋏《ばさみ》。郵便ごっこ用の掌《てのひら》より小さい便箋と封筒。その手紙を入れるにも小さすぎるボール紙の赤い郵便ポスト。わたしのための姉様人形。弟のためのブリキとボール紙とリボンでできた勲章セットや木の兵隊。

玩具の木工セットもあったが、まったく役に立たない子供だまし——子供だってだまされやしない——の代物《しろもの》であった。小さな金槌《かなづち》の頭は指を叩いても痛くないようにとゴム製だし、長さ一寸もない鉋《かんな》や鋸《のこぎり》は形を似せただけの役たたずだし、釘もついていなかった。

積木が幾組もあった。貧弱な木製のほかに、一つ一つが煉瓦《れんが》ほどの大きさの、コルク製の積木もあり、これはなんとかいう高名な児童教育家の推奨品だと、母がいつだか、だれかに自慢していたのを聞いた。

やさしいねえやは、それらの玩具で弟とわたしを遊ばせた。どれも幼稚でわたしには少しも面白くなかったのだが、やさしいねえやのために、楽しんでいるふりをした。遊び飽きた玩具より、ねえやと五回ジャンケンで勝敗を競うほうが面白かった。弟にもジャンケンを教えた。でも、弟は指を二本だけ突出しほかの指をにぎるのがむずかしく、いつもパーしかださなかった。

父親が内科と小児科の開業医だったので、患家《かんか》から子供たちへの贈り物が、母親が買い与える以上に、数多くとどいた。

父は子供部屋での弟とわたしの遊びに干渉することはなかったが、贈られてくる玩具は厳しく点検し、その幾つかは使用を禁じられた。父の禁令は数多くはないけれど、絶対に遵守《じゅんしゅ》せねばならなかった。嘘をついてはならぬ、というのが、一番厳しく言われたことだ。嘘つきは、泥棒になる。泥棒は非常に忌まわしいことで、警察につかまると、監獄にいれられる。そう父は諭した。

厳禁された玩具の一つに、ゴム風船作りのセットがあった。萎《しぼ》んでいるときは親指ほどの小さいもので、何が描かれているのかわからないのだが、息を吹き込みふくらませると、さまざまな顔や模様があらわれる。好奇心から次々にふくらませていたが、父親は、それを廃棄させた。ふとしたはずみに飲み込んで喉《のど》をつまらせ窒息死《ちっそくし》する恐れが多分にあるというのであった。そうやって死んだ子供、辛うじて助かった子供を沢山みたと、父は言った。ゴム風船は山吹鉄砲や三叉パチンコよりはるかに凶悪な危険物であると、わたしは認識した。

禁止された玩具のなかにはまた、奇妙な液体の化学玩具があった。悪臭をはなつ液体をガラスの型に塗って乾燥させると弾力のある膜になり、型から取り外せる。液体が固体に変化していく過程を見るのが面白かったが、これは躰《からだ》に有害な成分であるということから禁じられた。

家の外観は大屋根を持った様式だが、階下の部屋は和室が主で、子供部屋は大屋根の屋根裏にあった。梁《はり》が露出し、天井は壁の両側にむかって傾斜していた。中央に広い空間があった。一部、区切られて弟とわたしの寝室に用いられ、ベッドが二基おかれていた。

子供部屋に便所が建て増しされたのは、いつだったか。三尺に六尺の小部屋が外に張り出して作られ、トタン張りの流しと便器が据えられた。流しの上には吊り手水《ちょうず》がさがり、ねえやが毎朝水を入れた。流しと便器のあいだは、一尺幅の壁と二尺幅の狭い扉で仕切られ、便器の大きい穴は、壁の外に垂直に立つ太い長い土管につながり、汚物は階下の便所の溜にとどく。その穴が怖くてたまらなくなったのは、やさしいねえやが外国の話の絵本を読んでくれてからだ。アリスは、足をすべらせ、深い穴に落ちていく。絵本も、患家からの贈り物だった。

わたしはなるべく階下の便所を使いたかったが、階段を頻繁《ひんぱん》に昇り降りすると、茶の間にいる母はうるさがった。お便所なら、せっかく、あなたたちのために二階に作ったのだから、そっちを使いなさい。

一階は、医院として使われる部分と家族の居住部分に分かれ、医院のほうに出入りすることは、厳しく禁じられていた。二階の子供部屋にいるかぎり、両親の監視の目はとどかなかった。両親のかわりに、いつも、ねえやがいた。

子供部屋には、引き違いの大きいガラス窓が一つあり、勝手口のある方角に面していた。ガラス窓の外に、両開きの濃い暗い緑色の木製の鎧戸《よろいど》がとりつけてあった。古い扉が歪《ゆが》んでいるのか錆《さ》びた蝶番《ちょうつがい》がなめらかに動かなくなっているのか、開《あ》け閉《た》てにはこつがいった。やさしいねえやは、頑固な老《お》い耄《ぼ》れのような鎧戸を上手にだまして、開け、また閉ざすことができた。朝、弟とわたしを起こしにあがってきて、真先にするのは、鎧戸を開け放すことだった。鎧戸は軋《きし》んだ音をたてた。窓は北をむいていたから、朝日が射しこむことはなかったが、子供部屋全体を静かに明るませた。

夏なら、すぐにねえやは弟の服を着せ替え、わたしはひとりで着替えるのだけれど、窓ガラスに罅割《ひびわ》れのような霜の模様ができる冬の朝は、ねえやは瀬戸の大火鉢に、透明な真紅に煌《きらめ》く熾《お》きた炭火をつぎ、方形の金網をかぶせ、その上に弟とわたしの下着をのせてあたためた。思い切って寝巻を脱ぎ捨てると、素肌の上に十分に熱気を吸った下着をねえやがかぶせ、ついでに強く抱いてくれるのだった。そうすると、下着の熱は、躰の芯までつたわった。

絵本を読んで以来わたしが便所の穴を怖がるようになったのを知って、どうしても入らなくてはならないとき、ねえやは戸を開けたまま、わたしの手を握っているようになった。万一落ちかけたら、すぐひきずりあげる態勢であった。

階下におりて茶の間で食事をとり、また二階にあがる。父と母の食事は別間で、ほかの女中が世話をした。

子供部屋は、物置をも兼ねていた。不要なもの、邪魔になるものは、女中――わたしたちのねえやとは別の、奥向きを取り仕切る――が、〃とりあえず〃子供部屋に運び入れた。屑屋や古道具屋に払うまでというつもりなのだが、それらはいつまでも払われることはなく、隅に堆《うずたか》く積まれたまま忘れられ、次第に嵩《かさ》を増した。使わなくなった炬燵櫓《こたつやぐら》だの巻いた簾《すだれ》だの古蚊帳《ふるかや》だのがたてかけられていた。

ねえやが読んでくれる子供のための絵本ばかりではなく、屑屋に払うための古雑誌や、いずれ古本屋に売るつもりの書物も、紐で十字にからげて積まれていた。黒ずんだ重々しい表紙の本もあれば、絵入りのもあった。縛った紐がぐずぐずに緩んでいる山は、わたしが抜き出して読み、その後うまく元に戻せなかった分だ。

がらくたの中に、大きな風呂敷包みがあった。古い浴衣や、穴の開いた靴下、肌着、編目のとけた古いセーターなどが包み込まれていた。やさしいねえやは、弟とわたしがおとなしくしているときは、中身をひっぱりだして、子供部屋の床にぺたりと座り、浴衣をほどいて雑巾に縫いなおしたり、靴下の穴をつくろったりしていた。

ときたま、やさしいねえやは、母の言いつけで、わたしたちを一本だけ走っている地下鉄にのせ、終点の駅の近くにある百貨店に連れて行くことがあった。そこの屋上が子供の遊び場になっていた。駅から百貨店に行く途中の路上に、似顔絵描きだのお面売りと並んで、ゴム風船売りがいた。糸の先にのびた色とりどりの危険なゴム風船が宙にふらふらしている傍らを、恐れと憧憬のいりまじった複雑な気分で、急ぎ足で通り過ぎ、安全な場所まで遠ざかってから振り向いて眺めるのだった。ねえやは母から硬貨をあずかっており、屋上で、弟はねえやに抱かれて回転木馬に乗り、わたしはねえやから硬貨を一枚もらい、覗き眼鏡をのぞいた。投入口に硬貨を入れると、四角い狭い視野が明るくなり、少しずつ変わる絵を下の方で一つに束ねたのが、めまぐるしくぱらぱらめくれた。ミッキーマウスが飛び跳ねたり、ポパイが缶詰を食べて悪漢を殴り倒したり、一巻はたちまち終わり、視野が暗くなるのだった。

やさしいねえやが暇をとることになったのは、わたしのせいらしい。地下鉄に乗って百貨店に遊びにいったある日、わたしはねえやとはぐれた。いつのまにか見知らぬ男に手を引かれており、気持ちのよくないことをされた。どのようにして家に帰ったのかおぼえていない。その後、やさしいねえやはいなくなり、大きい怖いねえやがきた。

階下にいるときは、母の前で大きいねえやは膝をそろえてかしこまっているが、二階の子供部屋では、物差を手にしていた。言うことをきかないと、容赦なく三尺差はわたしの手の甲を叩き、臀《しり》を叩いた。両親に訴えるという手段があることを、わたしは思いつかなかった。弟は決して打たれなかった。大きいねえやは弟を可愛《かわい》がっていた。肌触りがよくて抱いていると気持ちがいいと言っていた。わたしは大きいねえやに触られるのが嫌いだった。大きいねえやは、冬の朝、下着をあたためることをしないので、体温の残る寝巻をぬいだら、凍りつくような下着をつけなくてはならなくなった。やさしいねえやが使った金網は、どこにしまわれたのか、わたしにはわからなかった。がらくたの中を探してみたけれど、なかった。大きいねえやに下着のあたためかたを教えたら、〝生意気〟と〝いくじなし〟二つの罵言《ばげん》といっしょに、物差が手を叩いた。子供たちを甘やかさないようにと、奥様のお指図です。先生――と医師である父は奉公人たちに呼ばれていた――も、肌着をあたためるとは、軟弱だ、冷たい肌着で肌を鍛えると、風邪をひかなくなるとおっしゃっておいでです。

大きいねえやは、弟とわたしを地下鉄の終点の百貨店に連れていくことはなかった。なぜだか、わたしにはわからない。田舎からきて、地下鉄の乗場も百貨店での遊ばせ方も知らないねえやに、一々教えるのが、母は面倒だったのかもしれない。

大きいねえやは面倒くさがりだった。風呂敷の結び目をほどきもせず、下着や靴下をつっこむばかりだった。包みはふくれあがり、臭くなった。

たてつけの悪い鎧戸を開け閉てするのに手間がかかるので、大きいねえやは夜も開け放しておくようになった。苦労して閉めても、どうせ朝になれば開けるのだ。そのおかげで、弟とわたしは、はじめて、夜の空を見た。やさしいねえやは、母の決めたきまりにしたがって、夏でも冬でも、四時になると鎧戸を閉めていたから、弟とわたしは、それまで、本物の星も月も見たことがなかった。

わたしが二階の便所の深い大きい穴をひどく怖がっていることに、大きいねえやは気がついた。新しい方法のお仕置きが始まった。便所に閉じ込められるのは、物差で打たれるより恐ろしかった。

大きいねえやが暇をだされ、勝手口を出ていくのを、わたしは子供部屋の大きい窓から、ほっとして見送った。夏のはじめだった。わたしに突き落とされた、と大きいねえやは父と母に言ったが、その証言はとりあげられなかった。小さい子供が、大人を便所の穴に落とすことなど、できるわけがない。自分で足を踏み外したのに、とんでもないことを言う。そう、父も母も言った。主人の子供を誣告《ぶこく》するのは、奉公人に許されないことであった。穴に落ちたねえやは、地下の溜までは落ちこまず、土管の途中、地面に近いところでつかえ、中から土管を叩き、泣きわめく声が外に響いて、勝手口の井戸端で魚をさばいていた出入りの魚屋が聞きつけたのだった。助け出すには、土管を壊さなくてはならなかった。

二階の便所は使えなくなったとわたしは安心したのだが、父は、二階になくては子供たちが不便だと、新しい土管を取りつけさせた。工事の間だけ、階下で暮らした。穴の危険性を認識した父は、大工に命じ、便器にかぶせる、小さい穴を開けた木の蓋《ふた》を作らせた。新しい木のにおいがした。汚さずに使うのは最初は難しかったが、奥向きを仕切る女中に教えられ、じきに上手になった。

ねえやのかわりがすぐにみつからず、弟とわたしの相手に、別のものがくるようになった。わたしよりずっと年上の男の子で、勝男といった。父が往診用に使う車の運転手の息子で、小学校の五年生なのだが、ちょうど学校が夏休みに入ったところであった。

小さい子供の相手をさせるために、母は、子供部屋に、勝男の喜びそうな玩具をおいた。わたしも初めて見る小さな映写機であった。

本物の映画を映画館で何度も見ているという勝男は、玩具の映写機をみて、馬鹿にしたように鼻に皺《しわ》を寄せた。

フィルムは差し渡し二寸ほどのリールに、巻かれていた。下のリールにフィルムの端《はし》を差し込む勝男のものなれた手つきを、わたしは感心して眺めた。

勝男は、巧みに準備を整えた。若い職人のようにきびきびした動作であった。天井の電灯を見上げ、二股ソケットがついているな、とうなずき、床においた映写機から長く伸びたコードの端をもって小さい滑り台を踏台がわりにし、ソケットにコードの先端の金具を差し込んだ。そうして、電灯をつけてから、滑り台を一飛びで下りた。

暗くしなくてはだめだ。勝男はそう言って、がたぴしする鎧戸を力まかせに閉めた。板の隙間から、わずかに外の光が漏れたが、映写の妨《さまた》げになるほどではなかった。

電灯、消しな。王者のように、勝男は命じた。わたしは滑り台の上にのぼり、おっかなびっくり背伸びして片手を延ばしたが、電灯のスイッチには届かなかった。床にあぐらをかいて弟を抱き入れゆすっていた勝男は、大人びた苦笑をみせて、弟を片手に抱き上げ、滑り台の三、四段目に足をかけ、スイッチを消した。弟は勝男にしがみついた。

勝男は前かがみになって映写機の電源を入れた。ジーッという音は、なにか途方もないことの始まりを告げるようで、わたしは息をこらした。


玩具の映写機が写す映画は、たあいなかった。百貨店の屋上の覗き眼鏡がみせる絵のほうがましなくらいだった。シルクハットをかぶりステッキを持った男が、ひどくちょこまかした動きで歩き、バナナの皮を踏んでころび、起き上がってまたころぶ、それだけだった。あっけなく終わった。

勝男も憮然《ぶぜん》として、映写機の電源を切り、電灯を点《つ》けた。窓の鎧戸を開けようとしたら、うまく開かない。舌打ちして、勝男は鎧戸をゆすった。魚屋が出刃でこそげ落とす魚の鱗《うろこ》のように、緑の塗料が剝《は》げ落ちた。

壊れるといけないから、このままにしておくと、勝男は威厳をもって言った。

わたしはうなずいたけれど、星を見られなくなると、つぶやいた。

星か……。勝男もつぶやき、少し考え込んだ後で、明日、見せてやると約束した。

勝男はねえやのような住み込みではなかった。夕食の前に自分の家に帰っていった。弟とわたしは階下で夕食を取り、弟を女中が風呂に入れ、わたしはひとりで入った後、二人で子供部屋に行き、眠った。

朝、女中が起こしにきて、弟に服を着せた。鎧戸を開けることは女中にもできなかった。大工をいれてなおさせなくては、と女中は言った。

朝食の後、電灯を点けた子供部屋に弟と二人でいると、勝男があがってきた。折り畳んだ木の枠を持っていた。ひろげると、枠は畳二枚分ぐらいの大きさになり、枠の上に厚い黒い紙がはってあった。黄色で描いた星型の星が無数に散っていた。尾を引いた流れ星の群れもあった。低く下がった天井と床のあいだに、勝男は枠を立て、星と星を指で結びながら、授業をする教師のように、これは鷲座、これは虎座、これは狼《おおかみ》座、これは猫座……と教えた。でも、夜の空で見た本当の星とはまるっきり違っていた。本当の星は、星形をしてはいない。

わたしがそう言うと、勝男は滑り台に足をかけて電灯を消した。

暗闇で息をひそめていると、突然、小さい光が幾つも目を射た。おびただしい光の群れは、蛍が飛び交うように――わたしは蛍を絵本でしか見たことはなかったけれど――かがやき流れた。蛍群れ飛ぶ蛍のように、ではない、流星群のように、と言うべきだろう。勝男はそう見せたかったのだから。

しばらくして、電灯がつき、流星の空はただの黒い厚紙の地顔をさらした。おびただしい星の中心にそれぞれ小さい穴が開けられていることも、勝男の半ズボンの両ポケットに懐中電灯がつっこんであることも、電灯が消される前からわたしは気づいていたから、少しも不思議がりはしなかったのだけれど、そうして、勝男の作った夜空は、自分で墨を塗ったとみえて、ずいぶんむらな仕上がりだったけれど、だからといって、流星群の綺麗さが減じるわけではなかった。

厚紙を貼った枠の向こうの狭い空間で、両手の懐中電灯を振り回したに違いない勝男は、少し汗ばんでいた。

　勝男は黒い紙の空を子供部屋においていったけれど、懐中電灯は持ち帰ったから、わたしは星を光らせることはできなかった。どのみち、光らせるのと眺めるのを、いっしょにやることはできないのだ。

　勝男は翌日も子供部屋にあらわれた。わたしの飽きてしまった玩具が、勝男の手にかかると、別のものに変貌した。半月型の足をもった室内シーソーを、勝男は引っ繰り返し、戦車にした。滑り台は城壁になった。城壁の上に姉様人形だの木の兵隊だのを並べながら、勝男は軍歌のような歌をうたった。みなさま無事か、わたくしは、隊長殿の命令で、長城まもる警備兵、我が身にあまるこの役目。わたしたちは、戦車にのって城壁に向かって突貫し、かわるがわる、何度も戦死した。弟も真似をしてときどき勝手に死んだ。戦死した指揮官勝男の胸に、わたしはブリキとボール紙とリボンの勲章をつけた。

　朝、着替えを手伝いにくる女中に、わたしは、もう、ひとりでできるから起こしにこなくていいと言った。弟の着替えもわたしがやるから。女中からそれを聞いた母は父に告げ、わたしは珍しく父に褒《ほ》められた。

　勝男は、わたしの頼みをいれ、子供部屋に上がってくるとき、バケツ一杯の水を運んできて、吊り手水をみたすようになった。空のバケツは、勝男が帰るときに階下の台所にもって下りるのだった。

　勝男は子供部屋の玩具や本を仔細に点検した。勝男が読みふけっている本をのぞき、これは何？　とわたしは挿入図を指さしてたずねた。

断頭台。そう、勝男は言い、本の表紙を見せた。『欧羅巴史《ヨーロッパ》・Ⅲ』という文字をヨーロッパシサンとわたしは音読した。勝男が帰ってから、わたしはその本の、断頭台の図のあるあたりを読んだ。

翌日、やってきた勝男は、ポケットから一掴《つか》みの割り箸とチューブ入りの接着剤、たこ紐、そうして新聞紙の小さい包みをとり出した。かあちゃんが大衆食堂で働いているから、と勝男は言った。かあちゃんに用があるふりをして、割り箸を大量にくすねてきたんだ。

危ないから触るな、と言いながら新聞紙の包みをひらいた。安全剃刀《かみそり》の刃が、電灯の下で鈍く光った。

さまざまな長さに切った割り箸を接着して小さい断頭台ができあがっていくのを、わたしはみつめた。

昨日、目をつけておいたんだ。勝男は言って、手もつけずに放置されている玩具のなかから、黍《きび》がら細工のセットを選びだした。

やわらかい黍がらだが、剃刀の刃を落としても少し食い込んだだけでとまり、すとんと首を切り落とすふうにはならなかった。

落ちる刃の両側に錘《おもり》をつけ、勝男は工夫をこらした。みごとに首が落ち、わたしたちは歓声をあげた。

数日して、黍がらの首をはねるのに飽きたころ、勝男はもっと大がかりな材料を持ち込んだ。柄のとれた包丁と、大工の仕事場からとってきた板切れや三寸柱の切り落とした屑、麻縄。児童教育家推奨品のコルク製の大きな積木は、柱を立てる台をつくるのに役立った。

姉様人形が哀れむべき罪人になった。木の兵隊の首を斬るには、刃物にかなりの重みをかける必要があったが、頭と胴をつなぐ首は細い丸い木だったので、何度か失敗してから、先に切れ目を入れておくことで解決した。

わたしたちは、もっと鋭い重い刃物、もっと手応えのある罪人を必要とした。

罪人は、数日後、みつかった。夕食のあと、部屋に戻ってきたら、鼠が床を突っ切って走ったのだ。翌日、勝男に話した。どこかに巣を作っているんだろうと思っていた。勝男はそう言った。床に糞《ふん》がいっぱいあるもの。気がつかなかったのか、副官。突然、わたしは副官に任命されていた。

床と壁のあいだに、鼠の出入りするような穴は見当たらなかった。糞がいちばんたくさん散っているのは、下着や靴下をつっこまれふくれあがり悪臭をただよわす風呂敷包みのまわりだ。勝男は、翌日鼠取りを持ってきた。

罪人が逮捕されるまでに、立派な断頭台を完成させなくてはならない。滑り台の脚を柱がわりに利用することを勝男は思いついた。

新しい大規模な断頭台のために勝男が持参した出刃は、錘をつけなくてもそれ自体の重みで十分役に立つと思えた。しかし、刃先と根元の重量が極端にことなるので、落下の途中で斜めになりがちであり、さらに工夫が必要であった。下敷きぐらいの大きさの薄い板に、持参の錐《きり》で小さい穴を三つずつ二列にあけ、それから一端を糸鋸《いとのこ》で半月型にくりぬく勝男をわたしは感嘆して眺めた。間隔をおいて二列に積んだコルク積木の壁の上に、板を固定した。刃が落ち込む溝の分の隙間を積木の壁につくった。

階下には食事と入浴のためにおりる。母の姿をしばらく見ていない。食事はいつも女中が仕切る。弟とわたしは台所で食事をするようになった。

入るのはたやすいが出ることはできない金網の籠に、鼠が囚われていた。金網に爪を立て歯をむく鼠の脇腹に、勝男は先端の鋭い金串を突き刺した。わたしにも同じことをするように命じた。何度か失敗してから、わたしの金串はやわらかい腹に突き刺さった。両側から金串を刺されながら、鼠は暴れた。

次第に動きが鈍くなった。勝男はもう一本の金串を突き刺し、これは腹を貫通した。血に塗《まみ》れ臓物のかけらのくっついた先端が、わたしのほうにのびた。もう一本、反対側から貫いた。ぶっちがいに貫いた金串の両端を、しっかり押さえていろと勝男はわたしに指示した。

わたしは籠の上にのしかかり、抱きかかえる姿勢になって、勝男の指示どおりにした。鼠の暴れる力がびんびんと腕につたわり、わたしは鳥肌立った。

勝男は右手に金串を持ち、慎重に金網籠の蓋を開けた。鋭い牙ののびた口を鼠は裂けそうに開けた。すかさず、金串を突っ込んだ。

数本、口から臀のほうに躰を貫くように刺してから、横刺しにした串を抜いた。これは力のいることだった。鼠の躰の内側で、なにかが金串を摑んでいるような気がした。尖った先端と反対の端には小さい金輪がついているので、それに指をかけ、引いた。そのあいだ、勝男は縦に刺した串を摑み、鼠が暴れるのを阻止した。串をまわしながら引くと抜きやすいことをわたしは発見した。鼠の腹が少し裂けた。

網目につかえる横串を全部抜くと、勝男は縦に突っ込んだ串を引いて、鼠を引きずり出そうとした。金網にかけた爪で、鼠は籠にしがみついていた。鼠の爪を鋏で切るように、額に汗をうかべた勝男は命じた。鋏の刃のあいだに爪をはさみ、握りに力を入れた。わたしも汗まみれになっていた。切られても、肉のついた爪は、汚らしく網目にぶらさがっていた。

鼠を断頭台の板の上におき、串に力を入れておさえつけ、わたしは細い針金で鼠を板に縛りつけた。錐による小さい穴は、そのために開けられていたのだった。蒲鉾《かまぼこ》のようだとわたしは言い、カマボコと弟がくりかえした。

だれが刑吏をつとめるか、わたしは当然勝男にその栄誉をになう権利があると思った。しかし、勝男は公平にジャンケンで決めることを申し出た。わたしはチョキを出し、勝った。


鼠の首と躰は、便所の穴に葬った。どこまでも、落ちていった。何でも知っている勝男だが、アリスの話は知らなかった。吊り手水ではまだるっこしいので、バケツに水をうつし、手を洗いながら、わたしはアリスの話を勝男に教えた。赤くなった水は便所に流した。出刃が鼠の首にくいこんだとき噴き出した大量の血は、傾斜した天井の梁にまで散った。尾を引いた形は、星型の黄色の星より本物の流星に――たぶん――似ていた。

翌日から、さらに大がかりな断頭台の製作にとりかかった。『欧羅巴史・Ⅲ』の挿入図を見ながら、勝男は設計図を描いた。

台にのせる相手が大きくなるほど、柱を高くせねばならない。落下する距離は、刃物の働きに力を加える。刃物は、鋭いとともに、重くなくてはいけない。

出刃ではまだ不足だ。数日後、勝男が持ってきた鉈《なた》を目にして、わたしは満足の吐息をもらした。この鈍重な重量感。わたしの力では持ち上げるのがやっとで、振りまわせない。刃渡りは七、八寸はありそうだ。

刃より両端がはみだす長さの板が鉈の背をはさむ形でとりつけられた。板に窪みをいれ、ぎりりと縛り上げた二本の細引がはずれないようにした。梁の一番高いところに、これも窪みをつくって細引をかけ、床にのびた二本の端をひとつに結びあわせた。滑り台は、踏台の役目を終えたところで、二つ折りにして、隅にかたづけられた。戦車の役をしていた屋内シーソーも用がなくなった。子供部屋の床の真ん中はひろびろとあいた。

罪人をのせる台に十分な広さを持つ丈夫な板がなかった。勝男も、大きい板を手に入れるのは難しいと言った。

炬燵櫓！　わたしが指さすと、勝男は大きくうなずき、おれもあれに目をつけていたと言った。二人がかりで櫓をはこんだ。梁から床に斜めに張り、床にうちつけた犬釘に結びつけてある細引の結び目を、勝男は試しにほどいた。鉈は床に落ち、深く食い込んだ。もう一度引き上げ、細引を結び直して刃を宙吊りにし、床の傷痕にあわせて、櫓を据える位置を決めた。

近いうちに、野良犬をみつけて持ってくると勝男は約束した。なるべく大きいやつを。ひとりで捕まえられるの？　大丈夫さ。何だって捕まえられる。野良犬は、針金のわっかを首にひっかけて締め上げるんだ。吼《ほ》えるとうるさいから、絞め殺して持ってくる。その方が、首を落としたとき、血が噴き出さなくて具合がいいぜ。

そう？　わたしは天井を見上げた。血が噴き上がったほうが、綺麗な流星群になると思ったが、勝男にさからう気はなかった。勝男は何でもいちばんいいやり方を知っている。

夏休みが終わるとこられなくなるから、なるべく早く持ってくる。勝男はそう言い、わたしとも弟とも指切りしたのだが、それから、何日たってもこない。

野良犬がみつからないのだろうか。

あるとき、階下に食事をとりにおりたとき、珍しく父と顔をあわせた。父は眉を寄せ、気難しい顔をしていた。わたしが何も言わないうちに、お母さんはそのうち戻ってくるから、おとなしく待っていなさい、と言った。

勝男がこないの、と、わたしは言った。

勝男？　あんな不良は、二度とうちにいれない。父は言った。当分、出てはこないが、出獄しても、家には近寄らせない。

どうして？

あれは、泥棒だ。いろいろなものを盗んでいたことがわかって、警察につかまった。悪いことをすると監獄に入れられる。いつも私がおまえたちに言っているとおりだ。

いつまで？

一生出られんだろう。出すべきではない。

わたしは弟と二階の子供部屋に行った。

梁を見上げた。勝男の作った厚紙の黒い星空を天井にとりつけるのは、わたしにはできない。

勝男がいなくては。

炬燵櫓の足元にひろげた。勝男は言っていた。地球は丸くて、空は地球の向う側にまでぐるっとひろがっている。

厚紙の空の上にわたしは立って、股のぞきした。

それから、弟に選ばせた。刑吏になりたいか、罪人になりたいかを。

どっちでもいい。弟は言った。

ジャンケンできめる？

陽はまた昇る

『ホテル』が、今、沈みつつある。

そうわたしに教えたのは〈風〉だった。

あっちの方向だよ、沈むホテルは、と、〈風〉はわたしの頬に手を触れてそっと力を入れ、顔の向きを変えさせた。わたしが見えないのを承知していながら。

わたしが目にすることができるのは月だけであった。月なら、闇にひとしいと言われる新月でさえ、わたしには見えた。常に、黒い球体は中空にあった。

沈むホテルの存在を聞かされるまで、わたしは月のほか何も見えないことに、不満を持ったことはなかった。

視神経が焼き切れたときわたしは五つだったか六つだったか。それまでにずいぶん沢山のものを見ていたから知識記憶にあるものなら、失明してからでも明瞭に思い描くことができる。しかし、ホテルという語は〈風〉から初めて聞いた。

ホテルは、太陽みたいなもの？　星みたいなもの？

旅人が泊まるところだよ。

旅人。そのイメージをわたしは描くことができる。絵本でいろいろ見ている。

つばの広い帽子。ひるがえるマント。長靴。肩に担いだ大きい布袋。曲がりくねった杖。彼は孤独だ。黙々と歩く。

あるいは、駱駝《らくだ》の背に乗った王子と姫。荒涼とした砂漠を、月に照らされて駱駝は進む。

あるいは、隊商の群れ。彼らは森に宿りして焚き火をかこみ夜を明かす。盗賊に襲われるのを恐れ、空が明るむまで火を絶やさない。

あるいは、聖地への巡礼。

漂泊するジプシーたちも、旅人と呼べるのだろうか。

ホテルって、天幕のようなもの?

建物だよ。堅牢な。

お城のような?

そう訊《たず》ねたとき、わたしの眼裏《まなうら》には、二つの城が浮かんだ。

一つは絵本、もう一つは写真で、どちらもまだ盲目ではなかったころに見た。

絵本で見たのは、罌粟《けし》の咲き乱れる野原のむこうに遠く見える〈お城〉。白いクリームを塗って銀の粒を散らした洋菓子に似ていた。短い譚詩が添えられていた。昔語りの牧場です。咲いているのは罌粟ばかり。通るは城のお姫様、見送る若い羊飼い。姫の落とした金の櫛、拾い上げたが縁となり、二人はいつかむつまじく、離れぬ仲となりました。老いたお城の王様は、聞いて激しく憤《いきどお》り、二人はついに殺されて、血汐は草を染めました。昔語りの牧場です。今も咲くのは罌粟ばかり。

写真の城は、巨大な岩山の頂上に建つ砦の残骸であった。四壁は崩れ落ち、城門の部分だけが辛うじて元の姿をとどめていた。門の上の小さい張り出し窓を、ペヒナーゼと呼ぶとわたしに教えてくれたのはだれだったか。〈風〉ではない。女の人だった。せんせい、とわたしは呼んでいたように思う。ペヒは黒いねばねばしたもので、それを熱くして、攻め寄せた敵の頭に注ぎかけるの。熱いペヒはべったりと瞼《まぶた》をふさぎ、皮膚にはりつき、焼き爛《ただ》れさせる。運よくペヒの難を逃れた敵が門を潜ると、前後に落とし格子が落下してきて、閉じ込めてしまうの。

王様とお姫様が住んでいたの？　訊ねたわたしに、住んでいたのは、騎士、とその人は教えた。騎士のお城は寒いの。寒くて暗い。板ガラスがないから、窓は小さくて、太陽の光も熱も少ししか入ってこない。

女の人が写真を見せながらそう言ったとき、女の人とわたしは、ガラス戸越しの日の光が明るくて暖かい二階の部屋に薄い座布団を敷いてぺたりと座っていたと思う。気泡の入ったガラス越しに、空は少し歪《ゆが》んで見えた。ガラスの厚さが均等ではないからだと女の人は教えた。歪まないガラスを作るのはたいそう難しいのよ。それでも、騎士のお城にくらべたら、ずいぶん贅沢《ぜいたく》なのよ。

絵本の甘ったるいお城より、わたしは騎士のお城の写真のほうが好きだった。女の人は騎士の暮らしぶりをいろいろ教えてくれた。

騎士は、胡椒《こしよう》入りの葡萄酒を飲み、配下を率い獲物を得にでかける。僧院を略奪し、葡萄畑を踏みにじる。警鐘が乱打される。羊飼いたちは奪われないために森に家畜の群れを追いやる。でも、間にあいはしない。騎士たちの兜《かぶと》が煌《きらめ》く。火を放ち、捉《とら》えた者を凌辱し、殺し、吊るし、騎士たちの通りすぎた跡は、回る風車もなく煙を出す煙突もなく、鶏も鳴かず、犬も吠える力を失って、見渡すかぎり荒野。砕けた十字架のかけらが土の上に散っている。

騎士は罪のない人々を襲って、手足を切ったり目玉をえぐり取ったりするのが好きだった。騎士の奥方も手を貸した。寡婦の乳房を切り取り、爪を剝《は》ぎとった。女の人が語るのを、わたしはどきどきしながら聞いた。身代金を払える捕虜は、高い塔の上のほうの部屋をあてがわれ丁重に扱われたけれど、払えない捕虜は、深い深い地下牢に縄で吊り下ろされるの。閉じ込められそこで死んだ囚人たちの血と腐肉と糞《ふん》が積もっているわ。そんなところに棲めるのは、蛇や蛙や毒虫ばかり。食べ物ときたら一日にパンを一切れと水を少しだけ。それさえ貰えないこともあって、飢え死にするの。爪を剝ぎとられるより、餓死のほうがいやだなとわたしは思った。拷問の苦痛は想像もできないけれど、極限の空腹が長く続く辛さは理解できた。

騎士の名前は、ベルトラン殿といった。そう女の人が言うと、わたしは城主の顔が見えた。顎《あご》髭《ひげ》を生やし、細面で湾曲した細い鼻、残忍そうには見えない。どんなふうにも見えない。顔つきから性質を探り当てられるような単純な人では、ベルトラン殿は、ない。

ベルトラン殿が如何《いか》なる人かわたしの眼に明らかになるのは、合戦の場だ。両軍が衝突し、色とりどりの軍旗がひるがえり、馬が嘶《いなな》き、若葉はにおい、花の咲き乱れる掘割は血をたたえ、負傷した戦士が助けをもとめて喘ぐとき、奪った敵の旗指物を旗手の脇腹に突き刺すとき、ベルトラン殿の細い鉤鼻《かぎばな》の鼻孔は赤くふくらみ、常は細い眼が見開かれ燦《さん》とかがやき、倒した敵の鼻と耳を削ぎ落とし、死体の胸を切り開き心臓と肺と肝臓を摑《つか》みだし、切り刻んであたりにまき散らすとき、眼はいやましてかがやくのだった。

ホテルは城とは違う、と〈風〉は言った。

旅人が泊まる建物なのでしょう。騎士の城は招いた客を泊めたわ。食事も出すのだよ。

騎士も客に食事を出してもてなしたわ。鶏肉のパイ。仕留めたばかりの鹿の焙《あぶ》り焼き。塩漬鰊《にしん》。チーズ。焼き栗。そして葡萄酒。騎士は裕福ではなかったから、その程度。でも、洋菓子のようなお城に住む王様の宴会は、素晴らしい御馳走が並んだの。卵とチーズを詰めた棗椰子《なつめやし》の実。アーティチョークの揚げ物。これは、愛の妙薬なの。無花果《いちじく》のスープ。パンにはアーモンド・ソースを添えるの。レンズ豆とラムの煮込み。牛の内臓のパイ。比目魚《ひらめ》の蒸し煮。七面鳥のプディング。そのどれも、わたしは味を知らない。女の人が教えてくれるのを口移しにおぼえただけだ。

ホテルのレストランは、もっとおいしい料理を出すよ。

お客は貴族たちだけれど、お行儀が悪いのよ。テーブルクロスで洟《はな》をかんだり、テーブルにだらしなく寄り掛かったり、齧《かじ》ったパンをみんなが食べる鉢の汁に浸したり、しゃぶり滓《かす》の骨を大皿にもどしたり。

ホテルの客は、そんな不作法なことはしないよ。

わたしは、五つだったか六つだったか、失明するまでに見た建物を思い浮かべた。建物は、絵や写真で見たもののほかは、記憶の中に少ない。どこよりも見慣れていたのはわたしが住んでいた家だけれど、外側がどんなふうだったのかはっきりしないし、客を泊めることはほとんどなかった。ホテルとは違うと思う。家の記憶は、部屋の中と庭。

わたしの家は高台にあり、二階の東南の窓から外を見下ろすことができた。だから、わたしは海を知っている。それは巨大な生き物のお腹だ。そう教えてくれたのは、女の人だ。海はお腹の中に無数の生き物を孕《はら》んでいて、ときどき、産み落とすのよ。

海の上には、海が産み落とした生き物が顔を出すことがあった。船、と女の人はそれの名前を教えた。

海はときどき膨れ上がり、わたしの家は海の中になった。嵐、と女の人は教えた。歪んだガラスの隙間から海は部屋に入り込み、雨飛沫《あめしぶき》がひどいのね、と女の人は言い、雨戸を繰るのだった。緑の衣をまとい真珠の冠をかぶった海の王が、波の上を海豚《いるか》のひく車で馳《は》せめぐると嵐になる。海の王のお城は、牧場を血汐で染めた王様のお城とは違い、大きな貝をいくつも重ねてできている。海の王には、半分人で半分魚の王子がいる。男と女の人魚が岩の下で戯れる絵を見せてくれて、王子の名前はトリトンというの、トリトンは海王星のまわりをめぐる第一衛星の名前でもあるのよ、と女の人は教えた。

雨戸を閉ざすと部屋は真っ暗になるので電灯をつけ、畳の上に落ちる黄色い丸い光の輪の中で、女の人とわたしはトランプをして遊ぶのだった。二人だけでできるトランプ遊びは限られていると、女の人は言った。もう一人いれば、違う遊びもできるのだけれどね。トランプを二組使って、ジン・ラミという遊びを教わった。これは、二人だけでやるゲームなのよ。あなたがもっと大きくなったら、ブリッジを教えてあげるわね。ガラス戸は鏡のように女の人とわたしを映した。

嵐ではないときでも、雨戸をしめることがあった。鳴り響く音が、雨戸をしめよという合図で、海の王が貝を吹き鳴らしているのだと、女の人は言い、真っ黒いカーテンをひくのだった。轟々《ごうごう》と凄まじい音がつづいて、部屋は震えたりした。

海の王の合図にしたがい、雨戸をしめてカーテンもひいていたのに、部屋の中が真っ赤になって、わたしが盲目になったのは、そのときかららしい。

一番賑やかだという大通りを歩いたことがある。だれか大人といっしょだったのだろうと思うけれど、だれだったかわからない。わたしの目に見えるのは飾り窓の下の枠とそのさらに下の壁ばかりで、わたしは大人に遅れないように足を運ぶのがせいいっぱいだった。わたしがもっと大きかったら、もしかしたら、ホテルという建物もあるのに気がついたのだろうか。

絵や写真にしても、建物を扱ったものは、少なかった。天幕とお城のほかに何があっただろう。どんな建物なの？　何に似ているの？

城に似ているかもしれないな、と〈風〉は言った。欧羅巴《ヨーロッパ》には、古い城を改造してホテルにした建物がたくさんある。

ねえ、そうでしょ。わたしは嬉《うれ》しくなる。

欧羅巴。わたしはその言葉を知っている。女の人が見せてくれた絵本は、ほとんど、欧羅巴のお話だったから。欧羅巴と、それからアラビアやペルシャのお話もあった。

ホテルは、高い塔があるんでしょ。そして、深い深い地下牢もあるんでしょ。

今、沈んでゆくホテルは、塔も地下牢もないよ。

つまらないのね。

おまえの知識は偏りすぎていると〈風〉は言った。

〈風〉の言葉の意味がわたしにはわからなかったので、それは善いことなのか、悪いことなのか訊《き》いた。

今、沈んでいくホテルは、と〈風〉はつづけた。欧羅巴のホテルにくらべたら、古くもなくたかだか六、七十年の歳月もないけれど、やさしい居心地のよいホテルだよ。

居心地のよいって、どういうこと?

ずっと、ここにいたいな、どこにも行きたくないな、そういう気持ち。

わたしはそんな気持ちになったことはない。かといって、どこか行きたい場所もない。

〈風〉がいっしょにいるようになってからは、一人きりだったときより気持ちがいいように感じるけれど、〈風〉とわたしは一つのところにとどまっているのか、動いているのか、それもわからない。

あのホテルが居心地よいのは、フロントのおかげだよ。

フロントって、何?

ホテルの受付。

受付なら、知っている。失明する前、風邪をひいたときやお腹の痛いとき、わたしは女の人につれられて何度かお医者さんに行ったことがある。風邪のときは甘いシロップをもらい、お腹が痛いときは林檎《りんご》の味に似た甘酸っぱい粉薬をもらった。待合室の右手に小さな窓があって、それが受付だった。お医者様はやさしかったけれど、係の人はたいそう突慳貪《つっけんどん》で、いつも叱りつけるような声で患者の名を呼ぶのだった。

『黄昏《たそがれ》ホテル』に最初に行ったとき、私はまだ若かった。そう〈風〉は言った。そのころ、ホテルはパンパン宿になっていた。

パンパン宿って何?

私は国に殉じ損なってすさんでいた。女を買いにホテルに入った。フロントに、私はずいぶん荒い言葉を投げたと思う。フロントは初老の男だった。客をじろじろ見つめるのは、フロントとしては失礼な行為だ。彼は私を見つめた。彼の瞼にうっすら泪《なみだ》が滲《にじ》んだ。私に罵倒されたからではない。その初老の男は、私の眼の奥に、私のすべてを読み取り、虚無の淵に投げ込まれた孤舟である若い復員兵の悲嘆、絶望、焦燥、それらを抱き取ったがゆえに、流涕《りゅうてい》したのだ。彼は一言も発しはしなかった。イワン・カラマーゾフと対したキリストのように。女を抱ける部屋の鍵を渡しただけだ。私は、鍵を使わず、返して去った。

二度目に訪れたとき、ホテルは正常の業務に戻っていた。改装され改築され小奇麗になり、客層もよくなっていたが、どこか垢抜けない青臭さ——懐かしさといおうか——が残っていた。私は少年ではなくなっていたが、フロントの容貌はまったく変わっていなかった。彼は私をおぼえていた。

その後、何度訪れただろう。何度目に泊まったときだったか、霜月、私はロビーに備えつけられたＴＶで、あの小説家の自決を知った。

ＴＶって何?

軽薄で騒々しい窓だよ。

その窓、ガラスの厚みは均等なの?　それとも歪んで見えるの?

おそろしく歪んで見えるよ。

自決って、何?

自分で自分を死なせることだ。

ロミオのように?　トリスタンのように?　乃木大将のように?

そうだよ、と言って、〈風〉はわたしの髪をそっと撫で、最後に『黄昏ホテル』を訪れたのは、とつづけた。天皇崩御が報じられた日だ。初めて会ったときから数えれば、数十年という長い時が経《た》っていたが、フロントは少しも変わらぬ姿で私を迎えた。品のいい初老のままで。老いさらばえず。

フロントは私を見つめた。目をそらさず、彼は私を見つめつづけた。

おそらく、〈時〉を見通すのにもっとも適した年齢に、彼はとどまっているのだ。若いときは、己《おのれ》自身にしか目はむかない。世界にひろく目を投げているようでも、世界は〈私〉にとってどうあるべきか、と、つまりは、自分の内部を見ているだけなのだ。老い朽ちれば、また、己しか——己の肉体の不如意しか——見えなくなる。

そのあわい、人の生の黄昏ともいうべき時に、己をも他者をもひとしい深さで視《み》ることができる奇跡のような存在になりうる者がいる『黄昏ホテル』のフロントはその貴重な一人であり、その時点にとどまりつづけている。彼にも、不安に揺れ動き、迷い流離《さすら》う若い時があったにちがいないのだが。

自決というのは、なかなかに厄介なものだよ。死ぬ者はいい。後のことは、死者はかかわりない。しかし、周囲の者にとっては迷惑この上ない。昔は、それなりの準備をととのえることができた。乃木大将が切腹しても、畳を取り替えればすんだ。私の場合、刃物がもっとも適していると思ったのだが、腹を裂くのは苦痛はなはだしい。介錯人がいないのだから、自ら頸動脈を掻き切るのが好ましいが、血の噴出が凄まじく、壁から天井まで血まみれになるのでは、ホテルは困るだろう。しかし、手首を切るのはどうも軟弱だ。縊死《いし》も男としてだらしない。毒は入手が困難であり、拳銃は所持を禁じられている。

白髪の穏やかなフロントは、私を視つめつづけた。そうして、裏の小部屋に導いた。従業員の宿直室であろう。戸棚の鍵をあけ、布の包みをよこした。持ち重りのする感触から、開けなくてもわかった。視線に感謝をこめた私を残し、フロントは業務に戻った。

明治大帝は乃木希典という殉死者を持った。明治の御世は切断されることはなく、大帝の崩御まで一続きに続いた。昭和は胴で断ち切られ、下半身に異なる国が強引に縫いつけられた。すめろぎの肉体は保たれたが、敗戦はすめろぎの死であった。その後の国は、私の国ではない。すめろぎの二度目の死に、殉死する者は一人もいないだろう。私は、一九四五年の八月になすべきであった死を、半世紀近く遅れておこなった。

おまえに遇《あ》えたのはよかった。そう〈風〉は言った。

〈風〉の語る言葉を、わたしはほとんど理解できなかった。一語一語質問していたらきりがないので、聞き流した。

拳銃の撃鉄をあげ、銃口を口の中に入れたとき、私は、引金をひいた後は空無になると思っていた。

なりそこなったようだ。

一瞬にして空無になるものと、そうでないものの違いはどこにあるのか、私にはわからない。

おまえと私の共通点は何なのか。共通点があるとさえ思えないのに、なぜ、おまえと私はともに在《あ》るのか。

おまえは空爆を生き延びていたら、私のように喪失感に茫然とすることなく、別の国に順応しただろう。

私は、生きてきた国と一つに溶けあっていた。別の国で生きるのは、水に棲むものが地上で生きるように、あるいはその逆のように、苦痛だった。

なぜ、おまえは私とともにいるのだろう。

なぜ、わたしは〈風〉といっしょにいるのだろう。考えたことはなかった。なぜ、女の人といっしょにいるのかと考えたことがなかったように。

太陽がなぜ昇るのか、なぜ沈むのか、女の人からわたしは教えられている。

ホテルが沈むということは、地球の向こう側にいれば昇るホテルを見られるということなのね。

そうわたしは〈風〉に言った。

ホテルは、幾度となく、沈み、また昇った、と〈風〉は言った。おまえには初めて告げたけれど。

ここに――この中空の一点に――いても、昇るホテルはまた見られるよ。

昇るとき、教えてね。わたしは言った。見えなくても、感じられるわ、きっと。

見えるかもしれないよ。〈風〉は言った。お前が願えば。あのフロントは、そのくらいの力はあるかもしれないよ。

迷路

案内状に記された簡略な地図を見ながら、途方にくれていた。横の筋、縦の筋が道をあらわすとはわかっても、そうして、黒い星の印が目当ての会場を示すとはわかっても、横の筋が銀座のメインストリートを指すのか、それとも、二本目、三本目の道なのか、それも有楽町側に数えてなのか東銀座側なのか見当がつかず、曲がり角にしても目印は何も記されていないのだった。

方向感覚が鈍いのは今に始まったことではない。何十年も昔のことになるけれど、渋谷から世田谷の新しい家に引っ越してまもないころ、転校した小学校の帰り道、自分の家のありかがわからなくなり、うろうろするあいだにいっそう混乱し、道をたずねようにもあたりは高い塀をめぐらし門扉をとざした家ばかりで人の影はなく、果ては異界にひとり攫《さら》われてきたような気分になり、そうかといって格別心細くも淋しくもなく——恐怖のあまり心の動きが麻痺してしまっていたのかもしれない——歩き回っているうちに商店街に出たのだった。店先が灯で明るんでいるからといって未知のよそよそしい場所であることにはかわりなく、屋敷町育ちの身には商店街はもともと異界であり、こちらの名字を告げたところで相手に通じないのだから威勢のいい八百屋の小父さんに声をかけることは思いもつかず、この喧騒から逃げ出したいと思っているとき、わたしと同じ年頃の子供に声をかけられ、こちらでは顔も名前もまだおぼえるにいたっていない同級の子で、迷子になったと知ると、あんたの家ならわかってる、と送ってくれた。門の石柱の前にねえやと弟が立っており、こんなに遅くまで、どこで道草をしていらしったんですかとねえやの声は険をふくみ、＊＊ちゃまがと弟の名を言い、もうご心配で大変だったんですよ、お姉様が人さらいに攫われたってお泣きになって。その弟はねえやの後ろから涙と洟《はな》でべとべとの顔だけのぞかせ、手はねえやの割烹着《かっぽうぎ》の端《はし》をつかみ、わたしに抱きついてはこないのだった。他人のいるところでは、弟とわたしは仲のよいところを見せなかった。人目のないところでは、わたしは始終弟の頭を小突き、首をかるくしめていたぶっていた。弟は瞼《まぶた》から涙があふれそうになるのを怺《こら》え、喉《のど》をひくひくさせながら泣き声はあげず、だれもいないときにまた擦《す》り寄ってくる。仲がいいのは内緒なのに、わたしの不在にあからさまにパニックにおちいった弟を、わたしは後で責めた。ねえやの前で、だめじゃないの。言葉はいらなかった。なぜぶたれるのか、弟はわかっていた。ぶった後で、わたしは迷子になる方法を弟に教えてやった。手拭いで目隠しして、両手を水平にあげさせ、からだをぐるぐる回させた。

三越の前にわたしは立ってみる。地図にあらわされた二本の線の交点が、この十字路だと仮定しよう。そこから地図のとおりにたどれば、まず、信号をわたり和光――服部時計店と言わなかった、この建物は？　――の前に位置を移し、右に折れて、一つ目の角を……このあたりから、わたしは混乱しだす。いま、わたしはどの方角にむかっているの？　あとはでたらめに歩き回ることになる。

わからなくなったら、また、やりなおせばいいのだ。でも、どこからやりなおす？　交点は、ちがう十字路を示しているのだろうか。最初の起点がまちがっているのであれば、その後いくら地図どおりに歩いても、目的のビルに到達することはできない。

ほぼ碁盤の目のように整然としている街並みのはずなのに、迷路に入り込んだ気分になる。

通行人に画廊の名前を言い、道をたずねてみる。知りませんね、と中年の女は首を振る。案内状を見せて、ここに行きたいのですが、と言う。わかりません。それでは、三越はどこでしょう。ああ、三越なら。相手は口早に教える。

だいたい、銀座を歩くのは生まれてこの方、たぶんこれが三度目なので、相手が心得顔にあれこれ建物やら通りやらの名をあげても、いっこうにわからない。知っているのは三越と……ライオンビアホールは最初のときもあったかしら……でも外観は違っていたような。

二度目のときは、弟といっしょではなかったか。世田谷のはずれの家にひきこもり、外に出ようとしないわたしを、バイクの後ろにむりやり乗せて、連れ出したのは弟ではなかっただろうか。弟は疾駆した。わたしはその腰に両腕をまわし、背に顔を伏せ、宙に浮かぶ感覚に身をまかせていたのではなかったか。長い道のりを走った。わたしは周囲を見なかった。わたしの瞼は弟の背の上でつぶれ、肌の感覚と聴覚ばかりの存在に、わたしはなっていた……のではなかったか。

あれが、日劇だよ。弟はバイクを停《と》め、そう言わなかったか。弟の背からようやく顔をあげたわたしの目に映ったのは、曲線の壁を持った白い建物ではなかったか。

道を説明してくれる中年の女に、日劇はどこでしょう、と訊《き》いてみる。日劇は、あなた、あのビルの中と、指さすのだが、わたしの記憶にある白い建物は見えない。

弟はゆっくりバイクを走らせ、姉さん、ここが銀座、と言わなかったか。初めてだろ、姉さん。ああ、初めてじゃないわ。ずっと昔、あんたがまだ赤ちゃんのころ、わたし、きたことがあるのよ。お父様に連れられて。お父様が突然、ほんとうに突然、銀ぶらに連れていってやるとおっしゃったの。まだ渋谷に住んでいたころよ。地下鉄に乗ったの。怖かったわ。お父様の黒いとんびの裾《すそ》につかまっていたわ。地下鉄を降りて道路に出たら、夕暮れだった。市電の走る道を、夜の空の下を、お父様と歩いたの。お父様はいつもの難しいお顔で、いつもの外股で、一言も口をおききにならないで、歩くのよ。わたしも歩いたわ。レストランの前で突然、ほんとうに突然、お父様は立ち止まって、何か食べたいか、っておっしゃったの。わたし、おなかがすいていたけれど、首を振ってしまった。びっくりしたんですもの。お父様がわたしの希望をお訊きになるなんて。そうか、ってお父様はおっしゃって、また歩いたわ。そして、地下鉄に乗って家に帰ったの。これが銀ぶらというものなんだって、わたし、知ったの。そんな話を、わたしは弟に語ったのではなかったか。あるビルの前で弟はバイクを停め、階段をあがったのだったか、降りたのだったか……。ここの画廊で、仲間と同人展をやっている。そう弟は言わなかったか……。

もとの十字路にたどりつくことはできた。やりなおす。三越から高速道路の見える方角にむかって歩き……。私の手のなかの案内状は皺《しわ》くちゃになっていた。そうして、わたしは立ち止まった。このビルだ。ビルの名も画廊の名もわからないのに、わたしは、識《し》っていた。このビルだ。わたしは、表層の意識を捨てた。カンバスの前で作品に没頭するとき、いつもそうであるように。画室に入ると、わたしは本当のわたしになる。

屋根裏を画室に使いはじめたのは、弟だった。油のにおいがこもり、床も柱も絵具のしみだらけになった。弟が死んでから、わたしはその部屋を使うようになった。

屋根裏は、最初は幼い弟とわたしの、雨の日の遊び場になっていた。雨が降らないかぎり、ねえやはわたしと弟を外に追い出した。陽《ひ》にあたれ、風にあたれ、というのが父親の方針であり、ねえやは父のいいつけを忠実に守っていた。雨のために外で遊べないとき、屋根裏は、家のなかで、子供たちが散らかしても汚してもかまわない、自由に遊べる唯一の場所であった。わたしたちが新しい家の襖を破ったり畳にしみをつけたりすると、ねえやの落ち度になる。

屋根裏は、物置としても使われた。梱包を解かれてない引っ越し荷物が、ひとまず屋根裏に放り込まれ、解かれないまま時を経た。さらに、ねえやは、後で始末するつもりのがらくたを、これもひとまず、屋根裏に放り込み、片づける前に次のがらくたを放り込むのだった。

一抱えもある風呂敷包みの中身は穴のあいた靴下で、どうせ捨てるのだからと洗濯はせず、結び目の隙間からつっこむから、風呂敷包みははちきれそうにふくらみ、屋根裏部屋には、父と弟とわたしとねえやの足の裏の濃いにおいが、たちまち籠もるようになった。

小さい滑り台と、木馬と、弧を描いた二本の脚の間に座席をとりつけた室内用シーソーが屋根裏にはおかれた。父が百貨店からとどけさせたものであった。父は屋根裏にのぼってくることはなかったが、それらの玩具がとどいたとき、一度だけ、のぼってきて、弟とわたしがそれらで遊ぶところを眺めた。弟とわたしは四つ年が離れていたから、いっしょにシーソーにのっても少しもおもしろくはないのだった。シーソーはわたしの側にかたむいたまま動かず、弟は高みに浮いて怖がり、しまいには泣きだす始末で、すると父は不機嫌になり、わたしはいっしょうけんめい楽しがっている声をだした。そのとき、ねえやがどうしていたか、思い出せない。口をださず、ただ眺めていたのかもしれない。古靴下の包みとがらくたが、父の目障りにならないよう隅のほうに押しやられ、前の家からもってきた古いカーテンやら風呂敷やらをかぶせてあったのは覚えている。ねえやのしたことだ。

父が不潔なことやだらしないことを極度に嫌うのは、ねえやは承知していた。だから、わたしと弟は始終爪を切らされたし、髪を洗わされた。わたしは自分でしたけれど、弟の爪と髪の手入れはねえやがした。父の爪の手入れもねえやがした。母は離れで床についたままで、自分が住み込みの看護婦の世話になっていたのだから、父の世話どころではないのだった。世田谷の家は建売を買った。離れがついているのが、父がこの家を選んだ理由であった。庭はそのころは三百坪ほどあり、南に段差があった。一段低くなったところは喬木や灌木の植え込みでかこわれ、母の寝ている離れはその陰にあり、風のぐあいで消毒薬のにおいが母屋に流れることがあった。そういうとき、父は暑い日でも母屋の窓を閉めさせた。母が死んだのは、わたしが小学校の三年になった夏だったと思う。あまりに遠いことなので、細かいことは忘れてしまった。死ぬと同時に離れが取り壊されたことは確かだ。

古靴下は包みきれないほど増え、包みのまわりに小さい山を作った。その山が動いているのを発見したのは、わたしだった。弟と遊んでいたときで、棒の先で山を突き崩すと、鼠が走り出た。夕食のときねえやに話した。靴下の山のまわりが鼠の糞《ふん》だらけで、蛆《うじ》が這《は》っている、靴下の山の中に鼠の死骸《しがい》があったと言うと、ねえやは次の日、出入りの植木屋を呼び、屋根裏を掃除させた。植木屋にもわたしと弟にも、父には言わぬよう口止めした。植木屋はねえやの胸の丸みをつかんで笑った。その日から、わたしは弟と屋根裏で遊ぶのをやめた。弟は小学校に入った。弟が中学を卒業した年にねえやは去った。結婚したらしい。父は外に妻のかわりの女を囲っていたが、家には入れないので、家事はわたしに任された。

新築だった家は古びてきていた。建売だけに外観は小奇麗だが、普請は手を抜いていた。台所の流しの水が漏るのをねえやは放っておいた。父は台所に入ることはなかったので、家の土台が腐り床がかしぎはじめていることを知らなかった。わたしは床が斜めになった台所で飯を炊き、みそ汁を作った。

弟は屋根裏部屋にいることが多くなった。部屋数はあるのだが、間仕切りが襖なので、鍵を掛けることができない。屋根裏は、階段の上り口に板をのせ重石をおくことで、無断闖入《ちんにゅう》を防げた。弟はそこで油絵を描きはじめた。父には内緒であった。父は画家を職業と認めていなかった。父に逆らい家を出るほど、弟は強くなかった。大学の経済学部にすすみ、それでも絵筆は捨てず、仲間と同人展を……そうだ、弟はたしかに、わたしをバイクに乗せ、同人展に連れ出したのだった。

同好の学生が集まって作っている集団の、初の創作展であった。

弟の作品は、わたしの素人目にも、稚拙としか感じられなかった。タイトルばかりが、気負いをあらわすようにものものしかった。

――湖底にむかって倒立する塔。裏返した手袋のように――

塔は先端を下に倒立していた。古城の塔を描こうとしたのだろうが、技術がイメージについていけず、弟が伝えたいのであろう雰囲気は画面にあらわれていない。倒立する塔を背景に、男が剣をかざし、その足元に女がひざまずいていた。一瞬後には、切っ先は女の胸をつらぬいているだろう。

展覧会は何の反響も呼ばず終わった。弟は名の通った銀行に就職して父を満足させたあと、その銀行のあるビルの屋上から投身した。

わたしは弟の使っていた屋根裏部屋に寝起きし、弟の使っていた画材を使って油絵を描きはじめた。

父は、若い女を家に入れた。その女は家事をする気はなかったから、料理はわたしが作った。掃除は女もわたしもしないし、流しの水漏れをなおしもしないので、床の傾いた家はますます傾いた。家の全体が歪《ゆが》むと、立て付けが悪くなり、玄関の扉が開かなくなり、ついで勝手口の戸も開かなくなった。庭のガラス戸を出入口にしたが、外鍵がかからないので、だれかが家にいなくてはならない。古家をとりこわすのは金がかかるので、父は敷地の半分を売り、新しく家を買って女と住むことにした。わたしは古い家に残った。

弟が残した美術雑誌で、毎年公募展がひらかれているのを知り、わたしは描いたものを送ってみた。入賞し、挿絵の注文などがくるようになった。画材と食べ物などどうしても必要なものを買物に出るほかは、ほとんど屋根裏で過ごしている。美術展の案内状もいろいろくるけれど、気にとめないでいたのに。

階段をおりる。記憶にある場所と同じだ。おぼえのある同人会の名前を記した札がでていて、弟がわたしを迎え入れた。

もう、いいんじゃない、こっちにきても。弟が言う。そうね、わたしはうなずき、弟は剣をふりあげる。わたしはひざまずく、次の瞬間、剣はわたしの胸をつらぬくだろう。

若い女と学生の二人連れが、わたしと弟の前に立ち、「姉さん、これがぼくの描いたやつ」学生が言う。

釘屋敷／水屋敷

釘屋敷

すれ違ったとき、果物のような香りがした。蜜柑より橙《だいだい》、橙より酢橘《すだち》に似ていた。釘屋敷の若だと、ツルが教えた。

踵《きびす》を返し後をつけようとすると、やめらい、ツルが制《と》めた。

行がんすな、行がんすなや、チイちゃん、とツルの声が少し大きくなり、若が振り返ると、狼狽《うろた》えたふうに、水屋敷であずかっとる親無しだすけ、と千沙《ちさ》を指した。

気に留めない様子で、懐手の若は歩き出した。目で誘われたような気がして千沙はついて行ったが、ツルは肩をすくめ、去った。

せせらぎに沿って、若は行く。板壁が朽ちた水車小屋の脇を通り過ぎる。空中にひろがる水飛沫《しぶき》は光を孕《はら》んで、大樹の梢の網に絡め取られる。都会からきた千沙には、大樹の名前はわからない。

土手の道は湿り気を帯び、所々沼地になる。アメンボは、図鑑で知っている。本物を見るのは初めてだから珍しくて、大きい水溜まりの上を素早く動くさまに見とれる。思わずしゃがみ込む。水面に千沙が逆立っている。

だらしなく解いた帯のようにうねうねと気怠《けだる》い流れが、沼と小川を繋ぐ。千沙は流れと一つになって、融《と》けそうになる。

若の影が水に映る。手をのばし、千沙の肩に触れたので、融けずにすんだ。

立ち上がると、若の手が千沙のすぐ傍《そば》にあって、指先をそっと握ってみる。

紫雲英《れんげ》の野を行く。

濡れた風が小さい花の群れを舐《な》める。

緑が地に届きそうな藁葺きの大屋根が、突然、千沙の視野を塞いだ。屋根はねじ曲がった柱で支えられ、塗り壁はひび割れていた。

若は土間に入っていった。千沙は一瞬ためらった。指を握ったままなので、躰《からだ》が前に泳いだ。

高い敷居を越えた。土間の左は上がり框《かまち》に板敷き、対する側は厩《うまや》で、肋《あばら》が浮いているくせに腹はぼってりとした馬が、達観しているのか絶望しているのか不機嫌なのか、ただ、立っていた。獣のにおいは嫌いだし、藁や馬糞《ばふん》のにおいはさらに嫌いだ。

深い軒に遮られながらのびた陽光が土間に明るく溜まり藁屑を浮かべ、雌鶏が一羽、光の中を泳ぎながら、こぼれた穀粒をつついていた。

陽《ひ》の届かないあたりは文目《あやめ》もわかぬ薄闇だが、目が慣れると次第に物の影が際立ってきた。一抱えもありそうな大樹が、一段高い板敷きの床から梁《はり》に支えられた天井までまっすぐに伸びていた。

見誤りだとわかった。柱なのだった。不揃《ふぞろ》いな歯を持った鋸《のこぎり》のような輪郭だ。

襷《たすき》がけに裾《すそ》はしょりの老婆が、板敷きに平たく這《は》いつくばり、たくし上げた袖から剝き出しの筋張った腕を右に左に、雑巾がけをしていた。

若が黒緒の下駄を脱ぎ板敷きに上がったので、千沙もそれに倣《なら》おうとした。上がり框は千沙の腰ほどの高さである。上体を框に倒し、両手で躰をずり上げ、片足を框まで上げる。若が腕を摑《つか》んで引きずり上げてくれた。

足の裏さ、丁寧《まて》に拭《ふ》かい。雑巾婆に突《つ》っ慳貪《けんどん》に咎《とが》められ、千沙は服のポケットからハンカチを出した。レースで縁取《ふちど》りした、丸めれば千沙の手の中にもおさまるほど薄い布で足の裏を拭《ぬぐ》おうとしたら、可惜《いたます》いの、と、柱の裾から声がした。

棘々の太い柱の根方がもっこり盛り上がって見えるのは、白髪を小さい髷《まげ》に結った老女が瀬戸の置物みたいに蹲《うずくま》っているからだと知れた。

若が兵児帯《へこおび》に挟んだ手拭いを汲み置きの桶の水に浸し、さっと絞って渡してよこした。足の裏の土埃《つちぼこり》は、手拭いに黒ずんだ染みをまだらに残した。少しきまり悪い思いをしながら、若に返した。

これで、えがっぺした。若は雑巾婆にそっけなく言い、手拭いを放った。濯《すす》いどけ。この子は水屋敷のあずかり子だすけ、無下《むげ》にすなや。

続く言葉は柱の根方の置物に向けられた。上げてもえがすか、オイショバさん。水屋敷の姫《ひい》さんと親しげだったがなす。

上がらんしょ。柱の根方の置物はうなずいた、垂れ下がった頰が動いた。笑顔なのだろうと千沙は思った。

水屋敷の姫さんは何《あじ》としたね。オイショバさんに訊《き》かれ、帰《けえ》らんした、若は言った。巨大な覇王樹《サボテン》みたいな柱に近寄り、突き出た無数の棘は釘なのだとわかった。大小様々な釘が、乱雑に打ちつけてあった。

これは何ですか。

東京者は、こったな子供でも、生意気で物知らずで畏れ知らずだなす。雑巾婆が憎々しげに言い捨てた。

オイショバさんはただ笑うのみ。

懐手の若が、抜いてみ、と言った。

釘の一つにのばした千沙の手を、雑巾婆が力まかせに叩いた。

生き物にはなべて、三つの本能が備わっている、と若は講釈した。食欲と性欲と反転欲だ。千沙にわかる言葉は、食欲だけであった。

釘は反転欲さ制御するために打ってある。この釘はあれのだ、と若が小さい釘の頭を摘み、もう一方の手で指し示したのは、土間の鶏であった。

虱《しらみ》でも捨てるように、若は小さい釘を抜き捨てた。鶏は腹から裂け、くるりと裏返り、ふわふわの白い毛玉になった。

何さ驚いとる。

躰の中身は、あんな毛じゃないわ。千沙は言い張った。あの鶏はおかしいわ。

知らねがったのけわ。生き物の裏側は、毛だべが。雑巾婆が憫笑《びんしょう》を浮かべた。お前《め》も、お前の釘さ抜かれたら、裏と表がひっくら返《け》って、毛玉んなる。そう雑巾婆は言い、オイショバさんは日溜まりみたいな笑顔で頷《うなず》いた。

裏返しになった後はどうなるのかと訊くと、どうもならね、あのままだと若は言った。

釘を打ち直したら、元に戻る？

抜いた釘は、二度と使えね。

わたしの釘もある？

貴様《くさん》はよそ者《もん》だすけ、よそ者の釘はよそにあっぺ。雑巾婆が言った。

どこにあるの？　チイの知らないうちに誰かが抜いたら、チイも裏返る？

怯《おび》えて訊くと、裏返《うらげえ》ったら、てえそう案配《あんべえ》えぐなっぺした、とオイショバさんが言った。

本能に従うのだすけ、心地ええのは当然だべし。そう若は言った。しっかと打ちつけておかねえだら、みな、嬉《うれ》しがって裏返るでなも。

お前はよそ者だけんじょ、生まれはこの在だすけ、お前の釘もある。オイショバさんが言った。

それなら、チイも釘を抜いてほしい。

千沙が言うと、三人は目くばせし合い、声のない笑いを交わした。

水屋敷

奥座敷の真ん中に掘り抜き井戸があるのを、異様だと思ったことはなかった。東京からきた親無しが、呆れた顔をするまでは。

絶対、おかしいわ。

なんで。

井戸は裏庭にあるものよ。せめて、お台所だわ。水道がきていない家は、台所に井戸があるけれど、座敷の真ん中なんて、初めて見たわ。親無しは刃物で斬りつけるように言った。

裏庭にも井戸はある。そっちは、飲み水にも洗濯にも、西瓜《すいか》を冷やすのにも使われる。

ツルは水屋敷の小姫《ちいひい》さん、と呼ばれていた。

長姉は大姫《おおひい》さん、次姉は中姫《なかひい》さんであった。

二人の姉が相次いで病死し、小がとれて、水屋敷の姫《ひい》さんになった。

姫さんが遊んでやるのは恩恵なのに、親無しは少しもありがたがらず、この日も石蹴りをしようと誘ったら、つまらないと一笑に付された。

土間に蠟石《ろうせき》で輪を描き、ツルは一人でケンケン飛びをした。親無しは見向きもせず、外に出て行った。

水車小屋で泣いとれ。

一人で石蹴りをしてもつまらないので、奥座敷に入った。床の間に牡丹《ぼたん》を生けた十畳間の中央、二畳分が掘り抜き井戸とその周囲の板敷きにあてられ、井戸は朱塗りの竹で縁取られている。裏庭のような井戸側《がわ》がなくて平面のままだから、怖い。

覗き込むときは、いつも腹這いになって、顔だけ縁を越えるようにする。

水面は、縁から三、四尺も下の方にあって、陽はささず、水深がどれほどなのか、わかりようもない。

小さいときは、座敷にはいるのを禁じられていた。数えの七つになって禁忌は解かれたが、ツルが入るのを、大人たちはあまり好まない。

このときも、腹這いになって覗き込んでいた。ふと顔を上げたら、朱い竹縁の向こうに黒足袋が目に入った。去《い》ね。加江婆《ば》っぱは命じた。

姫さんと呼ばれる身でも、加江婆っぱには逆らえない。おとなしく退散した。襖を開け敷居を越えたところで、釘屋敷の若と鉢合わせした。

ツルは胸の奥がずきっとして、その感情は恐怖と似ていた。

襖を閉めるとき、二分ほど隙間を空けておき、目を当てて覗いた。何ヶ月かに一度、若は風呂敷包みを携えて訪れる。そのたびに、ツルは覗き見をする。

若は包みを開いた。硯箱ほどの桐箱を出し、加江婆っぱの方に押しやった。加江婆っぱが蓋《ふた》を開け、中身をざわりと井戸に投じた。いつもの行事だ。二人の位置は決まっていて、ツルには箱の中身は見えないのだった。

桐箱を土間の竈《かまど》にくべ、若が帰った後、ツルは座敷に忍び込んだ。板縁《いたべり》と繧繝縁《うんげんべり》の隙間が、キラと光った。隙間に指を突っ込み、拾い出した。長さ一寸五分ほどの釘であった。赤黒く濡れた先端に、生肉が少々絡まっていた。腹這いになって井戸を見下ろした。

ツルは家を飛び出した。

若が懐手で歩いて行く。水車小屋の方から水屋敷に向かって歩いてくる親無しが、若とすれ違った。釘屋敷の若だ、とツルは親無しに教えた。

親無しは踵を返し、若の後をついて行こうとする。

やめらい、と制《と》めた。

行がんすな、行がんすなや、チイちゃん。

振り返った若に、水屋敷であずかっとる親無しだすけ、とツルは言ったが、声が震えた。

若は歩き出し、千沙はその後を追った。ツルは肩をすくめ、家に戻った。

沈鐘

「『振袖井戸』というのだよ」

相手はそう言った。

蔵の中である。

半分は板敷だが、入口に近い半分は土間で、二階まで吹き抜けになっている。井戸は、土間の物陰にあった。

人がいるとは思わなかったので、彼は声を上げそうになった。

のみこんだのは、大人たちに聞きつけられてはいけないと、とっさに思ったからだ。

女の子の着物をまとっているところを見られたら、怒りつけられるにちがいない。

怒られることより、軽蔑されるほうが怖かった。

長持を開けたら、きれいな着物が目について、ふと羽織ってみたのだけれど、そのとき、かすかなうしろめたさをおぼえはした。

男の子が女の子の着物を着てはいけないと、ことさら禁じられてはいない。言葉にして禁じるまでもない、〈いけないこと〉と、だれに言われるまでもなくわきまえていた。

なぜ、いけないのか。彼には理由はわからない。わからないけれど、悪でなければ、このようなうしろめたさが自ずと生じるはずはない。

空襲が激化し、家族——両親と姉——が空爆で死んだ。九歳の彼は、ひとり、山間《やまあい》の遠縁のもとに送られたのだった。

学校は春休みの時期だから、新学期がはじまるまで、彼は、なんの義務も拘束もない時間の中に放り出された。

遠縁は、この地方の豪農だという。

どこまでが敷地で、どこからよその土地になるのか彼にはわからなかった。庭のつづきがいつのまにか雑木の繁る裏山につづき、のぼりきってやがて下れば、せせらぎが流れているというふうで、彼は幾度か道に迷い、土地のものがみつけて、「トクラの旦那げの疎開っ子か」と送りとどけてくれるのだった。

旦那げというのは、旦那の家という意味らしいと、やがて察しがつくようになったが、トクラというのが、苗字なのか通称なのか、わからなかった。

家族が何人いるのかも、彼にはわからなかった。

この家の主《あるじ》らしいおじさん、その妻らしいおばさん、そのほかに、年寄りが何人もいたし、若い男だの女だの子供だの、そのうちのだれがこの家の家族でだれが使用人なのか、彼には見当がつきかねた。わかるのは、彼より幼いものがいないということぐらいだった。

たつ兄ちゃん、だの、よしこ姉ちゃん、だの、げんさん、だの、ほかのものの口真似をして呼ぶようになったが、それでも、家族の関係は理解できなかった。

ときたま、寝巻を着た灰色の髪の女が、影のようにふわりと歩いているのを見た。「起きたらなんね。寝てらい」と、家人に叱られるので、病人なのだろうと察した。おばさんの妹ということだが、おばさんの母親といってもおかしくない年に、彼の目には見えた。おばさんの髪は、黒い。

朝夕の食事のときには、囲炉裏《いろり》に大鍋がかかり、めいめいが台所から箱膳をもってきて、汁をよそって食べ、食べ終わると座をたち、ほかのものが空いた場所に座るというふうだった。

昼間は、だだっ広い家の中は、ひっそりした。大勢の住人が、どこに消えるのか、いなくなり、おばさんと数人の年寄りしか、彼の目にはうつらなくなるのだった。

もっとも、何人かの男女が、庭先をよぎったり、土間に入ってきたりはした。

家の中でも彼はしばしば迷子になった。

広い土間には急な梯子《はしご》がかかり、そのてっぺんは、天井の穴に消えていた。

この日、彼は、所在ないままに、梯子をのぼってみたのだった。

梁《はり》の高い屋根裏に、葉っぱが床一面に厚く散り敷かれ、青白い芋虫がむらがっていた。

かがんで眺めていたら、顔だけは知っているけれど名前がまだわからない男にどなりつけられ、ひきずりおろされた。

土地の訛《なまり》の強い言葉が、彼には聞き取れず、何を怒られたのかわからなくて、ぼんやりしているうちに、抱きかかえられ、外に連れ出され、そうして、蔵に放りこまれた。

板戸が閉ざされるにつれ、鮮やかな緑に溢《あふ》れた外の光の幅が次第に狭くなった。

板戸が柱にあたる音とともに、最後の光の一筋が消えた。

しんばり棒をかう音が、板羽目にひびいた。

盲目になったにひとしい闇の中に取り残され、埃《ほこり》のにおいが鼻をついた。

やがて目がなれ、板羽目の節穴やひび割れをとおしてしのび入るわずかな外光によって、文色《あいろ》がわかるようになった。

彼はけっして豪胆ではないのだが、家族が爆死した後、あまり感情が動かなくなっていた。閉じ込められても恐怖はわかず、蔵の中を点検してまわった。

都会の暮らしには見ることのない頑丈《がんじょう》な蔵であった。

そうして、長持の中の着物をみつけたのだ。しっとりと重くやわらかい手ざわりが、ここちよかった。

姉が正月に着ていた着物と似た手触りであった。生地の名を錦紗《きんしゃ》と、母と姉がかわす会話から、彼は知ったのだが、それと同じものだろうと、彼は思った。

ふだんは、セーターとスカートで過ごしている姉だが、風邪をひくと、母が着物を着せた。洋服より暖かいから早く風邪が治るということだった。そのとき着るのは銘仙《めいせん》で、錦紗の着物は、特別なよそいきだった。

長持の中にみつけた着物は、袂《たもと》が床につくほど長く、肩揚げと腰揚げがしてあった。

さらに歩き回って、物陰に、井戸をみつけた。

蔵の中に井戸があるのは珍しいということさえ、彼は知らなかった。

井戸は、蓋《ふた》がなかった。石積みの井戸側《がわ》は、綱の跡が擦《す》り減って溝をつくっていた。のぞきこむと、深い暗い竪穴の奥に、光の波が小さくきらめいた。

光は、壁の高いところに開いた小さい窓からさしこみ、井戸の奥にまでとどいているのだった。重くよどんだ水に、彼の顔がぼんやりうつっていた。

その後ろに、もう一つの顔が、うすく重なった。

ふりむくと、筒袖の着物を着た若い男がいた。

「『振袖井戸』というのだよ」

男は言ったのだ。

「振袖が井戸の縁にひっかかってね、ちぎれて残ったのだって。それで、振袖井戸というのだって」

と、相手はつづけた。

「昔ね、女が身を投げたって」

彼は、身につけた着物の長い袖を、からげてみた。

「この井戸の底に、まだ、女の骸《むくろ》が沈んでいるよ」

相手は言った。

「怖くないかい」

「怖くない」

「強いね。昔の人は、祟《たた》りが怖くて、この井戸を埋めることも壊すこともできなかったって」

「昔からあるの、この井戸？」

「大昔から。といっても、たかだか、百年か二百年」

彼には、百年も千年も、たいしたかわりはない。

相手は長持から黄色いしごきをだし、彼の腰にしめた。

「ほら、朗姫《ほがらかひめ》になった」

「この着物、お姫様のなの？」

お姫様の着物にしては、ふつうっぽいと、彼は思った。

「山のお姫様」と、相手は言った。

「井戸に住んでいるの？」

「ちがうよ。井戸に住んでいるのは、肉蝦魔《にくがんま》」

「ニクガンマ？」

「水の中に棲んでいるから、ずぶ濡れだ。髪の間に、葦の葉がのびている」

ブレケケケッキス、と、奇妙な声を相手は出した。

「そいつの、鳴き声だよ。ブレケケケッキス」

「言葉は喋《しゃべ》れないの？」

「喋れるさ。尻尾なしの猿姫、卵の黄身っ子、孵《かえ》りぞこないの四十雀《しじゅうから》。くわっ、くわっ、くわっ」

なにか、芝居のせりふのようだと、彼は思った。

「朗姫の悪口を言っているんだよ、肉蝦魔は」

「朗姫は、なんて答えればいいの？」

「肉蝦魔がなにを言おうと、山姫は平気さ。肉蝦魔はね、みっともない汚らしい化け物のくせに、姫に惚れているんだからね。惚れているって、意味、わかるかい」

「恋しているってことでしょ」

「おませさんだね、きみは」

そう言って、相手は彼の頬にくちびるをふれかけたが、すぐ身をひいて、

「ああ、まだ早いや。キッスは、もうちょっと後。鐘造りだもの、姫にキッスをするのは。鐘造りの、埴生理非衛《はにゆうりひえ》だもの」

頬のうぶ毛が相手のあたたかい息でそよぐのを、彼は感じた。

「姫がからかったので、肉蝦魔は怒って悪口を言ったんだよ。姫は、けろりとして、『まあ、たいそうなお腹立ち、あの怒ったこと、怒ったこと。ああ、怒らしてやった。面白い』」

「ああ、怒らしてやった、面白い」

と、彼は口真似をした。

「そう、その調子だよ。そうしてね、『歌を歌って踊ろうや』と言って、身軽にとびはねて歌い踊るの。さあ、踊って」

うながされ、彼はでたらめにとびはねる。

「森のおじさんをお呼び。いっしょに踊ろうと誘うのだよ」

と相手に言われて、

「おいで、森のおじさん、わたしといっしょに踊ろう」

彼は声をはりあげた。

「森の精の虞修羅《ぐしゅら》は、山羊《やぎ》の脚に山羊鬚《ひげ》だよ。踊りは不得手。そのかわり、跳ぶことならうまい。

ホルドリホホウ。ホルドリホホウ。しかし、跳んでみせても、姫の気にはいらない」

「グシュラも、姫に恋しているの」

「姫は、すばらしく綺麗なのだもの。背よりも長い金髪を、さらりと捌《さば》けば、さっと黄金の網を打つようだって。いつも、黄金の櫛でとかしているのだよ」

「あ、西洋のお姫様なの？」

「そうだよ」

錦紗の着物では、西洋のお姫様らしくないと、彼は少しがっかりした。髪だって、黒くて坊ちゃん刈りだし。

「蜂《はち》がね、姫のくちびるを花の蕾《つぼみ》とまちがえて、寄ってくるよ」

「でも、匂いがちがうでしょう」

「そんな、なまを言ってはいけないよ」

相手はふいに、彼を抱きしめた。

「おまえったら、まるで、わたしみたいだ。わたしが彼で、おまえがわたし。わたし、たぶん、そんなふうに踊ったんだね、あの人の前で」

「あの人って、だれ？」

「わたしに、このお話を教えてくれた人」

「西洋のお話を？」

「そう。姫はね、二親も知らず、森の中で、山姥と暮らしている」

お聞きと、相手は板敷に腰を下ろし、彼をかたわらに引き寄せた。

「崖の下の深い淵のそばに、教会ができたとお思い。耶蘇《ヤソ》のお寺だよ。お寺の塔に巨鐘をつるすことになった。麓《ふもと》に住む人間どもが、山妖魔《やまばけ》を根絶やしに殺そうというのだよ」

「鐘は、いけないの？」

「耶蘇の鐘だもの。魔性者には、なにより恐ろしい命取り」

車に積んだ巨鐘を、里の者たちが馬で引き上げるところと知った虞修羅は、山羊の小屋にしのびこみ、「ふくよかな、はちきれそうな、むっちりした山羊の乳房にかぶりつき」と言いながら、相手は、彼の胸に手をさしいれた。

「おまえの乳首は小さいのだねえ。米粒ほどもない。おまえの年だったとき、わたしの胸はもっとやわらかかったよ」

山羊の乳を一息にのみ、腹ごしらえはできた、すわ、かかれ、押し出せと、雲をさっと招いて、赤い筏《いかだ》にひらりと乗って、人間どもが馬どもが、寄り合ってのぼるところへ、ただ一飛び。

魔王が待つとも知らず、馬が八頭、十六筋の鼻息を吹いて、がたがたともがきながら、山路をのぼってくる。

「知恵の不足な人間ども、活《い》きて輻《やぼね》をまわせばとて、あの重い鐘を積んで、山坂を運ぼうとは、始めから叶《かな》わぬことよ」

相手の語調は、芝居のせりふめいた。

「見ろ、馬は動かぬ、車は停《と》まる、道も岩石でこぼこじゃ。どりゃ、馬にも人間にも、早く楽をさせてくりょと、この魔物が一子相伝、大慈善の法をもちいて、や、とその車に手をかけて、一《ひと》挫《ひしぎ》に挫《ひし》いだわ。がっきと輻が折れたと思え。轟《ごう》となって地響きして、まっさかさまに、やあ、鐘が飛んだ。巌から巌へ、跳ねるわ、落ちるわ、ぐわらぐわらぐわらと、崩れる、裂ける、土も石も一なだれ、鐘のあとを滝になって流れるほどに、鍛《きた》えに鍛えた鉄の響きが、ごーんごうごうと鳴り渡って、真下の湖へ、釣瓶《つるべ》落としの心地好さ」

彼をかつぎあげ、井戸の中に、いまにも落とそうという身振り。彼は悲鳴をあげた。

相手は笑って彼を抱きなおし、

「白浪がどっとたって、天へ渦巻《うずま》く水煙のなかに、鐘はめでたく、沈んで失せた」

「めでたし、めでたしだね」

「なんの。話はこれから」


鐘造りが、さまよいこんでくるのだよ。

虞修羅の一撃で、鐘が湖底に落ちたとき、鐘造りもはねとばされ、谷に落ちた。転がり落ちながら、崖の破《や》れ目から生えた桜の枝にしがみつき、花吹雪のなかで死んだと思ったら、いつしか、ここまでたどりついていた。

ほとんど正気を失っている鐘造りの目に、無垢《むく》な山姫が、どんなに美しくうつったことだろう。

「やあやあ、むこうへ、霞の御衣《おんぞ》の裳《もすそ》を長く、我がある方に近づく姿。おお、腕《かいな》をのべて、招かせ給う。誰を、誰を。雪のような指をさして、理非衛を、我をお指しあるぞ。どうぞ、もっと、近う寄って、あなたのほうから、私のからだに触れ給《たま》われ。私の耳に……私の目に……私の……舌に」

腕が、彼を抱いた。くちびるが近づき、ふと突き放し、

「や、幻《まぼろし》か、影は消えた。ああ、しかし、あなたはここに。私の傍《そば》に。あなた、姫様、あなたは美の姫神でおいでなさいます。お姫様、姫様、どうぞ、理非衛に接《き》……吻《す》……し……て……」

「まあ、妙なことばかり言う人だわね」

思いもかけないせりふが、彼の口をついた。

まるで、言うべきせりふをとうから知っていたように。

「寝ていると可《い》いの。ね、そうやっていらっしゃいよ。お静かに」

「ああ、姫君、姫君、私に接吻《きす》して、接吻してください」

息がつまるほどに、抱きしめられ、くちびるを割られた。

「なんて、愛らしい歯だろうって……あの人、そう言ったのだよ」

彼の歯の裏から口蓋を、熱いやわらかい小さい蛇のようなものが這《は》いまわり、舌のつけ根がひきぬかれるような感触があった。

相手の手は、彼の帯を解き、着物の前をはだけた。

「あの人は、こうやってくれたのだもの。姫、姫って呼びながらね。ね、おまえ、どんなふうに感じる。心地いいかい。でも、おまえのからだは、骨ばっているねえ。わたしはもっとふっくらしていたんだのに」

おまえでは、幼すぎる。おまえ、幾つ？　わたしは、十三だったもの。わたしの乳房は、あの人の掌《てのひら》に、ちょうどすっぽりおさまった。おまえの胸は、洗濯板じゃないか。

不満そうに言われ、彼はわけもなく悲しくなって、涙が浮いた。

「山姫は、泣くことを知らないのだよ」

と、相手は、指先で彼の涙をぬぐい取った。

「泣くって、あなた、どんなこと？　涙って、なんのこと？　そう、山姫は訊《き》くのだもの」

村の連中、学校長だの床屋だの坊主だのが、山にのぼってきてね、鐘造りをさがしあて、連れて下りてしまう。その後だよ、山姫は、悲しくなって、目から熱い小さい雫《しずく》が落ちる。これは、何なの。肉蝦魔が教えてくれるよ。

この上ない金剛石よ。この滴を、片目瞑《つむ》って覗くと、浮世一切の苦しみも楽しみも、鏡のようにすきりと透って、この宝石に映って、輝いて皆見える。ところで、人間めが、これに変な名をつけた。涙とよ。涙。涙。

そう言って、相手は彼の瞼《まぶた》にくちびるをつけた。舌の先が眼球に触れた、と感じたとき、これまでに知らなかった感覚が、からだを走った。


「そうなのよ」と、相手は言った。

男の姿であるけれど、声は女になっていた。

「わたしもそのとき、はじめて知った。からだが、こんな感じを持つなんて。でも、おまえのからだは男なんだものねえ。女の子がくればよかったのに。……いいえ、それじゃあ、よくないかもしれない。わたしがあの人になるのだから、わたしになるのは、男の子のほうがいいのだろうね」相手の指が彼をまさぐった。

暗いねえ、と相手はつぶやいた。

「おまえは、お父さんもお母さんも、あの、姉さんも、空襲で死んだのだってね。空襲って、どんなだえ」

「きれい」

サーチライトがね、と、彼はたどたどしく説明した。

二本、こう上にのびてね、斜めにこうなるの、と、指で交差するさまを示す。

「その真ん中のところにね、黒い虫みたいなのがみえてね、それがB29なの。そしてね、赤く光ってね、くるくる落ちるの」

「ここは、サイレンが鳴ることもないから、安心して、都会から逃げてくる」

相手は、彼に着物を着せかけ、前をあわせる。

彼は、身をよじった。相手のくちびるが肌にあたえた感触が、着物に吸い取られて消えそうで、素裸のままのほうがいいと思った。

「ここは平和でおだやかだと思うかい。そうでもないのだよ。もう、ずっとずっと前からね、恐ろしいことはいくらもあったのだよ」

「山姫の話の方がいいや。ねえ、肉蝦魔が、こぼれ落ちた水の玉は涙、って教えて、それから?」

「わたしも泣いたっけ。あの人が行ってしまってから。わたしは山姫ではないから、人間だから、それまでに、泣いたことはいくらもあったよ。でも、そのときの涙は、違ったの。わたしの舌は、はじめて、他人の舌を知ったのだもの。わたしののどは、はじめて、他人の唾《つば》を飲み込んだのだもの。おまえも、さっき、知っただろう。わたしが教えてあげただろう。そうして、あの人は、去ってしまったのだもの。ほかのときの悲しさとは、まるでちがった。からだが痛いほど、悲しかった」

「それきり、逢っていないの？」

「いいえ、もう一度、帰ってきました。埴生理非衛だって、帰ってきたもの。でも、その前に、理非衛の妻と子供の話をしてあげるね」

そう言いながら、相手が口にしたのは、別なことだった。

「東京の大学生だったのだよ。うちの遠縁とかいうことでね。実家は列車で三つほど遠い田舎だよ。うちとちがって、実家はたいそう貧しいのだけれど、学業はすぐれていたとかで、先生にすすめられて、東京のむずかしい大学に入ったのだって。学資は自分で工面しなくてはならない苦学生だった。夏の長い休みに、こっちにきて、うちの野良仕事を手伝って手間を稼ぐことにした。あの人は自分では、塵《ちり》の都に厭《あ》きたから、自然に親しみ、北国の野を馬で駆けめぐるためにきたのだ、などと言ってだったけれど」

冬は雪が深くて、辛いのだよ。でも、夏は、ここに住みなれたわたしでも、すがすがしい。この蔵のむこうに、山が連なっているだろう。

彼はうなずいた。

焦土をのがれて乗りこんだ人々がぎっしりつまった列車をおりたとき、すぐに目についたのが、盆地をとりかこむ山脈だった。

異国にきたように、彼は感じたのだった。

「冬は、あの山が真白になる。雪の山肌に、人が拝んでいるような影があらわれると、春なのだよ。なに、雪解けで、土が見えるだけのことなのだけれど、嬉《うれ》しいものだよ。夏草を刈りに山に入るあの人に、そのことを教えてあげたら、『春の祈り』という詩をつくって、読んでくれた。

くにさんは、詩だの小説だのを書いていたのだよ」

「くにさん……」

「あの人の名前。わたしをくにさんと呼んでもいいよ。いま、わたしはあの人なのだから。そうして、おまえをしいちゃんと呼ぼうね。あの人がわたしをそう呼んだのだから。ね、呼んでごらん、くにさん、て」

「くにさん」

相手は、頬ずりして、

「いい子だね、しいちゃん。おまえの頬は、すべすべして気持ちいいね。あの人が感じていたふうに、いま、わたしも感じているんだね。毎日、辛い仕事だった。わたしは、力仕事にはむいていなかったから。わたしって……つまり、くにさんのことだけれど……。なにしろ、詩を作ったり小説を書いたりする人なんだから。でも、おおっぴらには言えないことだった。せっかく東京の大学にいってね、おまえ、小説なんて書いていたら、えらい博士様にも大臣にもなれないものね。東京にいると、アカにかぶれるって、心配もされていたし」

相手の話は、彼の理解できないことばかりだったけれど、手触りがここちよくて、おとなしくしている。

「そうなんだよ、いまのおまえのように、わたしは、だまって、くにさんの話を聞いていた。よくわからないことばかりだった。でも、気持ちよくてねえ。こうやって、なでてくれるのだものね。そうして、こうやってね」

彼の耳たぶを、相手は口にふくんだ。手はふたたび、着物の前をわけていた。

「おまえ、女の子におなり。わたしが男になっているのだもの。女の子になれないわけはないだろ。山姫。朗姫。鐘造りには妻と子供が二人。男の子だよ。兄の一衛《ひとえ》は九つ、弟の二衛《ふたえ》は五つ。鐘造りの帰りを待っている」

校長と床屋が、鐘造りをのせた担架をかついで連れ帰った。

横たわる理非衛のからだは、緑したたる青葉の枝でおおわれていた。

死に瀕した理非衛を助けたのは、里におりてきた山姫なのだよ。

村娘に化けて、はいりこんでね、妻がでかけているあいだに、理非衛の両の瞼にくちづけする。

「さあ、おまえ、わたしの瞼にキスしてくれなくてはいけない」

さっき涙をぬぐいとってくれた相手のやりかたに、彼はならった。

「や、見えなかった目が、おお、いま、光明がきてつつむ。黄金なすあなたのお髪《ぐし》は、なんという美しい。これが夢なら夢でよし。やあ、この力。全身にわきでる力。胸のこの燃え立つような奮発心。よし。あらためて発願《ほつがん》し、努力し、希望し、奮進して、ええ、鐘を鋳《い》て鋳て、鋳ぬいてくりょう」

くにさんはね、九旬の休みを終えて、東京に戻りました。

それでわたしは——しいちゃんは、泣いた。からだが痛いほど泣いた。

「東京に行ったの？　山姫が里におりたように」

「いいえ。行くことはできなかった。山姫ごっこで遊びはしても、わたしはただの人間だもの。一飛びに飛行《ひぎょう》はできない。東京は遠すぎたし広すぎた」

「くにさんにも、奥さんと子供がいたの？」

「いなかった……と、思うよ。三畳の部屋にひとりで下宿していましたって。六畳の部屋をカーテンで仕切って、そっちは、別の学生さんが借りていたの。そう、くにさんは言っていました。わたしは、手紙を書いたの。たどたどしい字だったろうねえ。理非衛がいないと、朗姫はからだが痛いって」

鐘造りは、ふたたび山に戻ってきた。

白金嶽の山続き、雪の原がひろがる崖の下に、以前は硝子《ガラス》の製造所だったのが、いまは荒れ果てた小屋。右は清水が湧いて流れ、左の巌窟に鍾乳石の簾《すだれ》をまいて、

「ここが、理非衛が鐘を鋳る仕事場。肉蝦魔も虞修羅も、腹がたってならない。なぜって、鐘造りは傍若無人。魔の縄張りの山中に踏込み、山を穿《うが》つ、木の根を崩す、巌をたおす、鉱金を掘る、地金を炸《なま》す、熔《と》かす、鋳掛ける。水をかき探して、そこに巣籠もる侏儒《いつすんぼし》を、馬代わりに虐使《こきつか》う」

その上、美しい姫君が、好いた男への心中立てに、虞修羅の大事な撫子《なでしこ》色の水晶を盗む、黄金に金剛石、瑪瑙《めのう》に琥珀《こはく》、かたはしから盗む。

「そうしてね、夜昼なしに、姫は、男につききりで、『くっつきどおしで、あの、口を吸う。その、吸う口で、おれたちを叱るわ。ほうほう』。肉蝦魔も嘆くよ。『彼奴、姫への追従に、冠だわ、指輪だわ、腕飾りまでつくるさわぎ。まだ飽き足らいで、姫の、姫の、くわっ、胸のあたりを、なでる、さする、頬っぺたをやい、嘗《な》めるがやい』」

「手紙を書いて、それから？」

「だから、言っただろ。理非衛は、来たのだよ。ここに。そうして、わたしの胸をなでる、さする。頬っぺたを」

「そんなにしたら、苦しい」

「苦しいって、おまえ、かんにんおし。くにさんは、どんなにか、しいちゃんに逢いたかったのだもの。離れてみてわかりましたって。こんなに、いとおしくって愛らしくって、哀しい恋人はいないって。しいちゃんといっしょにいるとね、あの、詩も小説も書けますって。たくさん書いて、本を作るのですって。でも、そんなことを人に知られると悪いから、ここにきていることをだれにも喋ってはいけないと言った。そりゃあ、うちの人も、知ったらいい顔はしない。夏は、大学の休みに働きにきたのだけれど、このときは、お講義とやらいうものがあるのに、休んできたのだからね。わたしだって、知れたら、どんなにか怒られる。手紙で呼び寄せたのはわたしなのだもの。——じきに、そうじゃないってわかったのだけれど……」

終わりの方は、聞き取りにくいつぶやきだった。

理非衛はね、山姫の妖魔の力を借りて、一心不乱に鐘を造る。日輪のような鐘、おのずから楽を奏《かな》でる霊鐘。新しい光明の誕生。それを造るのだと、山の侏儒たちをこき使い、かわるがわる、鞴《ふいご》の火を吹かせ、大鉄槌で熱鉄をうたせるわ。

でも、里の人からみたら、それは耶蘇の神様にそむくことさ。

太陽を崇めるのは、邪教なの。

里から、坊様が迎えにきます。

此方《こなた》は、邪教の魔魅に魅入られている。此方の所業は、神を瀆《けが》す。里にくだれ。さもないと、里人が此方を襲うぞ。

さとしても、理非衛は聞くことじゃありません。

身を削り、夜は悪夢にうなされ、それでもひたすら、鐘を造る。天上の楽を奏でるはずの。でも、山の妖魔たちは、姫のこころをとらえた鐘造りを憎んでいる。

虜修羅の手引で、里のものが刃物を手に、押し寄せてくる。

理非衛は、果敢にたたかって、追い払うわ。

そう言って、相手は、彼を抱きしめた。相手の震えが彼につたわった。

「でも、それはお話だから。おまえ、お国の力を持った人々がきたら、ひとりで何ができるでしょう。あの人はね、小説を詩をつくりにきたのではない。ただ、逃げてきたの。でも、わたしにそんなことがわかろうはずがないじゃないか。わたしの手紙に応えてくれた。そう思って、ただもう、嬉しくて、うちの人に知られてはならないとあの人が言うから、だれにも黙って、おにぎりをね、夜、蔵にはこびました。お茶もね。そうして、なにか精のつくものも食べないといけないから、わたしのおかずをそっとかくしてね、青い小さい小鉢にいれて、はこびました。人の目につかないようにするのは、たいていじゃなかった」

ことにね、姉さんが、わたしに目をくばっていた。

夏にあの人が働きにきていたとき、姉さんは、ずいぶん親切にしてあげた。

でも、姉さんは夫がいるのですからね、親切以上のことはできません。

こんなことは、姉さんにはできない。

そう言って、相手は、彼の唇を舌で割り、小鳥が嘴《くちばし》でつつくような仕草《しぐさ》をし、彼の舌の裏で遊び、からめて強く吸った。

わたしは、何をしたってかまわなかった。山姫の朗姫なのだもの。

夏のときから、姉さんは、少し、気がついていた。蔵に入ってはいけないと、時々わたしに言ったもの。でも、夏の蔵の中が、西洋の妖魔の森になっていたことは、知るまいねえ。

入り込んでとがめることは、姉さんはできなかったのだよ。そんなことをしたら、くにさんの機嫌を損じると思ったのだろうよ。

わたしは、一度だけ、見ました。

この井戸のそばで、姉さんが、くにさんとこんなふうにしていた。

でもね、山姫には姉さんなどいないのだよ。くにさんは、そう言っていたもの。

二親知らず家もない森の娘だって。黄金の髪を梳《す》きながら、小鳥や花と暮らしている。それが、朗姫なのだって。姉も弟もいはしない。

村の人が、刃物を手に、押し寄せてきたのだったね。でも、理非衛はみごとに追い払った。花崗岩の石塊を投げつけ、投げつけ、大勢を殺した。死なないものは、麓に逃げ帰った。

いいえ、くにさんのことじゃない。鐘造りのお話だろう。くにさんは、弱虫だったよ。

子供が二人、山を登ってくるの。

水の入った重たい罎《びん》を、一つずつかかえて。

一衛と二衛。

「それは、だれ？」

「さっき話してあげたじゃないか。ちゃんと聞いていなかったのかい」

肌の奥のここちよさが、耳に入る声の意味をすどおりさせる。

「鐘造りの二人の息子。九つと、五つ。『父さん、母さんがよろしくって』」

壜の中身は何だと思う。母さんの涙だって。いやだねえ。そのとき、沈んだ鐘が鳴ったのだよ。沈んだ鐘を鳴らしたのは、湖に身を投げた、鐘造りの妻だって。二人の子供の母親だって。死んだ女の青い手が、鐘の肌をなでると、轟と鳴りひびく音。うなって、吼《ほ》えて、鐘は、理非衛の名を呼んだのだって。

鐘の音が耳からからだにしみたとき、理非衛の目には、山姫が、恐ろしい魔女に見えた。姫を突き放し、めくらめっぽう、鐘造りは走り出す。

「くにさんを呼びにきたのは、警察だった。特高だよ。おまえは子供だから知るまいね。わたしもそのときは、子供だったからわからなかった。いまでもよくわからない」

なんでもね、たいそう、恐ろしいのだというよ。お国の方針にそむくことを考えている者をとりしまるのだって。悪い本を持っているだけで、牢獄に入れられて、拷問にかけられるのだって。くにさんは、いろいろ本を持っていたけれどね、沈んだ鐘が鳴るお話の本も持っていたけれどね、それが悪い本なのかどうか、わたしは知りません。

くにさんは、特高に目をつけられて、逃げてきたの。

東京の特高が、なぜ、こんな遠い田舎までくにさんを追ってきたのか、おまえ、不思議に思わないかい。

密告というのをした人がいるのだよ。

わたしが蔵に食べ物をはこぶのに気がついていた人だよ。

だれか、って。姉さんにきまっているじゃないか。

それで、うちじゅうの人が相談して、密告というのをすることにしたのだよ。

そうしないと、うちの人がぜんぶ、牢屋に入れられるって。

後で、わたしは姉さんの口から聞いた。

特高がきたときのことを話そうね。

わたしが母家にいたとき、見知らぬ男が何人もきて、義兄さんや姉さんと話をしている。立ち聞きして、くにさんをつかまえにきたとわかった。

わたしは、蔵に走った。

どこにかくれたって、みつかってしまうだろう。

釣瓶の縄の先を、くにさんは、腰に結びつけ、井戸に下りました。

縄のもう一方の先は、柱に結んだ。

わたしはね、振袖を着て井戸の縁に腰をおろし、髪を櫛で梳いた。

網のように、髪はひろがったよ。

わたしは、水底の肉蝦魔にたのんだ。

おまえのお嫁さんになるから、井戸にひそんだくにさんを助けておくれ、って。

義兄さんたちが、特高を蔵に案内してきた。

わたしは、知らん顔で、歌をくちずさみながら髪を梳いていた。

くにさんが教えてくれた山姫の歌だよ。

　どこからわたしゃきたのやら
　いつまたどこへ帰るやら

咲いては暮らす花じゃやら
群れては遊ぶ小鳥やら
二親知らぬ家もなき
わたしは森の娘にて
黄金の髪を梳きながら
　小鳥や花と暮らすもの

男たちは、あたりを探しまわり、井戸に目をつけた。
縄をひきあげにかかった。
わたしはとりすがって、嚙《か》みついて、止めたけれど、突き放された。
男たちは、ふいに尻餅をついた。縄の端《はし》が、井戸の中から、宙におどりあがった。
縄の端をしらべて、刃物で切ったのだ、と男たちは言った。
わたしは、井戸にとびこんだ。
振袖が、井戸側のどこかにひっかかったのだよ。
宙吊りになった。袖の付け根の糸が切れて、布が裂ける音を、聞いた。
落ちる前に、抱き止められた。
わたしは、それから、病気になったの。
夜も昼も眠れないのは、病気だよね。
十日も二十日も、眠れなかった。
夜になっても、目を開いていた。

井戸は、浚《さら》えないほど深いのだって。だから、くにさんの骸をひきあげることはできないのだって。

いつまでも、眠れないでいたら、医者が薬をくれるようになった。

眠ると、たいそう楽しいよ。

からだが眠っているあいだ、わたしは蔵の中で、くにさんになるのだもの。

からだは、どんどん、年をとってね、髪が汚くなりました。

姉さんの髪はまだ黒いのに、わたしの髪は、灰色なの。

でも、ここにいるわたしの髪は、灰色じゃあないだろ。くにさんの髪だもの。

おまえがきてくれて、よかった。

おまえが、わたしになってくれるもの。

わたしがくにさんになると、わたしがいなくなるから、つまらなかったのだよ。

わたしは、くにさん。おまえは、わたし。

あのとき、振袖がひっかかり、しいちゃんは、くにさんと心中しそこねた。

いまなら、できるね。

わたしのからだが目覚めると、蔵の中のわたしは消えてしまう。

薬のききめが失せないうちに、灰色の髪のわたしが眠りつづけているあいだに、おまえ、わたしと、水の底に行こうね。

着物をお脱ぎ。

二度と、振袖に邪魔はさせない。

わたしも脱ぐよ。

はなれることのないように、帯でふたりのからだをくくろうね。

怖いことなんか、ありはしない。

「怖いかい」

「怖くない。空襲で、みんな死んでしまった。あのときから、怖いと思わなくなった。生きている方が、怖い」

「いい子だね、しいちゃん」

「くにさん」


引用＝ハウプトマン『沈鐘』登張竹風・泉鏡花共訳。歌は西条八十による。

柘榴

煙草《たばこ》工場の赤黒い長い煉瓦《れんが》壁に沿って、石炭がらを敷き詰めた道をぎしぎし歩いているとき、また、お化けに遇《あ》った。長い髪を鬱陶《うっとう》しいだろうに背中に垂らして、前髪だけは一摑《つか》み輪ゴムで根元を結《ゆ》わえ、擦《す》り切れた絣《かすり》の襟元《えりもと》がはだけて、下前の裾《すそ》が上前からはみだして、素足に歯のちびた下駄なんだけど、その足元にちょこまかとまつわりついているのが、雄鶏で、半分千切れかけた鶏冠《とさか》が、旗の切れっ端《ぱし》みたいにべろりと揺れている。

　通学の途中お化けに遇った日は、必ずなにか悪いことが起きる。混んだ電車で、だれかの鞄《かばん》の金具がひっかかって、品薄で貴重になってきた黒い絹の靴下に一筋、伝線ができたとか、体操の時間にボールを受け止め損なって突きゆびしたとか、物入れの抽斗《ひきだし》をうっかり全部引き抜いてしまい、はずみで教科書やらノートやらが廊下にぶちまけられ、知らない下級生からの手紙と菫《すみれ》の花束が入っていたのを級友にみつけられ教師に告げ口されたとか——Sと呼ばれる女学生同士の擬似恋愛は学校の建前としては禁止だが、よほど目に余るのでなければ黙認されている——、ほんとにささやかなことではあるけれど、お化けと出会わなければ起きなかったことではないかと思う。

　もっと嫌なことも起きた。春休みの少し前、〈待つでやすわ〉のお作法の時間に、正座してお辞儀の仕方を習わされていたとき、突然、下着が濡れてくるのを感じて、細かい車襞《くるまひだ》のスカートをひろげその下で足の裏で防いでいたけれど、つづいて立礼を一人一人やらされ、靴下を濡らした血が畳に薄い跡をつけてしまった。

いまどき教師のなかでただ一人頑固に庇髪《ひさしがみ》の、学校の主《ぬし》みたいな作法教師は、どこの方言なんだか、生徒が廊下を走ったり手をつないで歩いていたりすると、待つでやすわ、とおらびながら、袴《はかま》の裾を蹴ってよたよた追ってくるから、そのまま渾名《あだな》になっている。つないだ手のあいだを手刀で容赦なく叩くので、背後におらび声を聞いたら、生徒たちは即座に手を離し姿勢を正すのだけれど、それでも手の甲を叩かれる。数ヵ月で、新入生は、女学生の矜持《きょうじ》を会得《えとく》し、小学生みたいな〝お手々つないで〟はやらなくなる。

いつも規則正しいのに思いもしないときに始まったのは、お化けのせいだ。だれもが、気がついていながら素知らぬふうをした。〈待つでやすわ〉も、目のやり場に困った顔をしただけで、叱りはしなかった。恥は厚い衣になってわたしを覆い、あのときから、わたしは人ではなくなった。

お化けだけならまだいい。雄鶏が厭《いや》なのだ。千切れかけた分厚い鶏冠は、嚙《か》み切りそこなった舌に似ている。中途半端で苛立《いらだ》たしい。ちょん切ってしまえばいいと思うものの、鶏冠に触るだけでも厭だ。鋏《はさみ》で切るときの感触ときたらどれほど不愉快か、想像がつかない。……なぜ、鋏を使うと思ったんだろう。床に横にし、鉈《なた》で断ち切るのなら、頸《くび》を断ち落とすのと大差あるまい。

外国の小説に、首を切られた鶏が、切断面から血を吹き上げながら走りまわるというのがあった。それが冒頭の場面で、蘇《よみがえ》ったイエスが、過去の自分をまったく記憶しておらず、逞《たくま》しい本能のままに生きるという話が続いた。

家の近くに教会があり、日曜の子供礼拝に出席するときれいな色刷りのカードをくれるので、小学生のころ、集めるのが楽しみで通ったことがある。外壁に白ペンキを塗った小さい木造の、屋根にこれも白ペンキ塗りの安っぽい十字架が立っているのを見逃したら貧しい幼稚園とまちがえそうな建物だった。牧師の説教は修身の授業より退屈で、じきにやめてしまった。授業に使われる掛け図は、狼《おおかみ》が子守を襲ったり、血まみれの兵隊が喇叭《らっぱ》を吹きながら死にかけていたり、紙芝居を大きくしたようなどぎつい絵が多かった。牧師の説教はつまらなかったけれど、そうして、カードのマリア様には少しも惹《ひ》かれなかったけれど、困り果てて泣きべそをかいたような情けないイエスの顔はちょっと気に入っていた。主《しゅ》われを愛す、主は強ければ、われ弱くとも恐れはあらじ、という賛美歌の歌詞を関西弁にした替え歌を教えてくれたのは、兄だった。主《ぬし》さん、あてを好きや、主さん、強おして、あて弱いけれど、怖いことあらへん。カードの主さんは、自分の鬱屈や苦痛をどうにも堪えられなくて、半泣きになっているとしか見えず、怖いことあらへん、と、こっちがなだめてやりたくなる。復活してふてぶてしい無頼になったイエスは、どんな顔なのだろう。

首を断ち切られても走りまわった鶏は、首のあるときだって、お化けの足元にまつわりながらせかせか歩く鶏冠の千切れかけた雄鶏のように厭らしくはなかっただろうと思う。昂然《こうぜん》と胸をそらし、獰猛《どうもう》な目つきで周囲を睥睨《へいげい》していたにちがいない。もし、鶏冠が千切れかけて情けないざまになったら、彼は嘴《くちばし》で胸を突き破り、恥辱に甘んじるより死を選んだだろう。捕虜となり敵に軍帽を奪われ踏みにじられ自決した若い将校みたいに。

お化けに遇いたくなければ、駅に行くのに別の道を通ればいいのだけれど、そうするとひどく遠回りになり、貴重な時間が減る。

桃にしろ林檎《りんご》にしろ、果皮は薄く果肉はたっぷりとあって、食べごろには甘く柔らかく熟《う》れ、他人に自分をやさしく与えている。食べてほしいと、媚《こ》びてさえいる。栗は毬《いが》で鎧《よろ》った下にさらに固い皮で覆っているけれど、ほんの少し苦労すれば、それに値する美味《おい》しい中身を差し出してくれる。椰子《やし》の実なんか、殻は鋭い刃物を使わなくては穴があかないほど硬いくせに、中は甘い汁で一杯で、飲まれるのを嬉《うれ》しがっている。

柘榴《ざくろ》だけは、果実というより、彫刻みたいだと思う。それも、他者が彫りあげたのではなく、自分で、自分を作品化したのだ。芸術化したといおうか。他者の目を意識せず、ひたすら、自身が理想とする色と形を求めた結果が、あの色になりあの形になった。硬い外皮の、くすんだ赤から褐色にぼかしのかかった色合いは、他のどんな果実にもない複雑で微妙なトーンをもっている。

おそろしく生真面目なカトリックの若い尼僧のように、柘榴という果実はストイックなのだ。それなのに、ついに割《さ》けた外皮のあいだから、他のどんな果実にもない、ルビーよりガーネットより玲瓏《れいろう》とした、真紅の顆粒《かりゅう》をのぞかせてしまう。数多い種の一つ一つを薄く覆った紅い半透明の果肉は、外皮が地味なだけに、どきっとする。ガーネットは、柘榴石と文字を当てる。首飾りには、柘榴石より、薄い果肉に覆われた柘榴の種を連ねて首に巻いたほうが、妖しい。でも、その果肉の味の素っ気ないことときたら。そして、紅い果肉がうるおいをもっているのは束の間だ。肌の上で、たちまち干からびる。

若いシスターなど、実際に見たことはなかった。郊外電車を上りの終点で市電に乗換え、その昔は大名屋敷が多かったという街の停留所で下りてからの通学路に、わたしが通う都立——一年のときはまだ府立だった——の女学校より少し手前に初等部から女学部までつづいているカトリック系のミッションスクールがあり、そこで教えているらしいシスターたちをときどきみかけるが、僧帽に半ばかくれた顔は、老いて皺《しわ》ばんだ瞼《まぶた》の奥にガラス玉みたいな眼が光る気難しそうなのばかりだ。日本人のシスターもいるのだが、バタ臭い僧服と僧帽はまったく似合わず、それでいて日本人とも異人ともつかぬ、異様な不気味さを感じさせる。禅寺などの清楚な尼さんであれば、どんなにかふさわしかろうものを。

ミッションスクールと道をはさんで向かい側に、キリスト教関係の品々を並べた店があった。ガラスのケースには石膏のマリア像や銀鍍金《めっき》の燭台、金で横文字を箔押《はくお》しした革装の荘重な聖書を飾り、安っぽい十字架をつけた鎖、色刷りのカードなどを、客である少女たちが気軽に手に取れるように平台に並べたこの店に入るのに、わたしたち都立の女学生は、異国の領土に踏み入るような、ちょっとした緊張感を強いられるのだった。濃紺のセーラー服の、襟には細い白い三本線、鋭く抉《えぐ》れた胸元に薄手の黒い絹のリボンを蝶結びにしたわたしたちの制服と、黒地に臙脂《えんじ》色の二本線、臙脂色のリボンのミッションの制服は、一目で区別がつく。店はたいがい閑散としているのだが、ひとりで切り盛りしている初老の店主は、黒いリボンの女学生にはいたって無愛想だった。わたしたちの女学校の生徒は軍人や高級官吏、大学教授、医者などを父に持つものが多く、質実であることを誇りとし軽佻浮薄《けいちょうふはく》を卑しみ、ミッションのほうは商社や銀行のエリートを父とする富裕な家庭の、華やかな雰囲気を持つ子が多かった。

入学早々に、一度、柘榴と濃密な時間を過ごしたことがあるのだけれど、柘榴は知らない。四月十八日、土曜日だった。午前の授業を終え、下校の途次、空襲警報が鳴り渡った。

　前年十二月八日の真珠湾攻撃の成功このかた、マレー沖海戦で勝利し、マニラを陥《おと》し、シンガポール攻略、ビルマ占領、蘭印占領、マッカーサーはコレヒドールから辛うじて脱出と、皇軍の連戦連勝が伝えられていた。

　隣組による防空演習がときたまあっただけで、本物の敵機来襲を告げるサイレンは初めて聞いた。乗っていた路面電車は停《と》まり、だれに退避を命じられるまでもなく、乗客は手近な公共防空壕に走り込んだ。敵機の影もみえず爆音も聞こえないから格別な恐怖も不安もわかず、後から後から避難してくる人が増えるので奥のほうで押しつぶされそうになるのが息苦しく不愉快なだけで、鞄を抱えていた。

　壕の扉が閉ざされるにつれ、光の帯が次第に細くなり周囲が闇に溶けてゆく中に、入口近くに立った一人の少年の顔だけが、際立った。残照の浜辺を連想したのは、日焼けした漁夫の子のように浅黒かったからだ。偏平な丸顔だが、濃い眉が凛々しかった。一瞬だった。すぐに闇に没し、密集した人々の体臭と体温のみが感じられた。

　爆音は聴こえず、一時間ほどで警報は解除になり、扉がひろびろと開け放された。少年と思った人が、わたしと同じ制服の女学生であることを知った。まだ、同級生の顔も名前も覚えきれず、他のクラスや上級生となったら、制服で他校と区別がつくだけという時期だった。長身なので、上級生だろうと思った。

　電車はいつ動くかわからず、とりあえず歩きだした。後に柘榴と心のなかだけで呼ぶようになるそのひとは、通学鞄から薄茶色のカバーのかかった文庫本を出し、片手でささえて読みながら歩いていた。もう一方の手は鞄を持っているので、ページをめくりにくそうだった。停留所を三つ分過ぎたころ、ようやく動きだした電車が後ろから近づいてきた。次の停留所にむかって、走った。柘榴は市電の音にも気づかぬふうで、読みふけりながら歩いている。本のあいだから紙片が落ちた。ちょうど停留所のあたりだった。わたしが拾い上げたとき、電車が停まった。溢《あふ》れるほど混んでいた。降りる人はほとんどなく、電車はすぐに動きだした。ステップに上がり、手摺りに掴まっていた。本を読みながら歩く柘榴の脇を、市電は走りすぎた。ひとりで電車に乗ってしまった自分を、裏切り者のように感じた。裏切りの対象は、わたし自身である。自身の願望を自覚したから、それだから、逆に終点まで自分を電車に縛りつけた。裏切りは、中途半端であってはならない。降りてから、鞄を持った手のなかに握りしめられて皺になった紙片をひろげてみた。楽譜の下に、縦書きで短い詩が記されてあった。

太陽は孤独だ
黙々と昇り黙々と沈む
ひとり高くいればこそ
ああも激しく燃えるのだ

五線も音譜も歌詞も、万年筆の手書きであった。青紫のインキが、質の悪い紙に少し滲《にじ》んでいた。定規を使わないで引いたらしく五線は歪《ゆが》んでいるが、文字は几帳面に一字一字角張っていた。詩と曲は、柘榴の自作か。何かで知って、気に入ってひき写したのか。

わたしの家にはピアノはない。幼いころ、習いたければ買ってやると母に言われたが、欲しいとも習いたいとも思わなかったのは、叔父の婚約者がピアノを習っており、発表会にときどきわたしも連れていかれ、そのたびに、恩寵《おんちょう》を受けて生まれたものでなくては、この黒々と巨大な楽器になじむことはできないのだと感じていたゆえだ。小学校にあるのは足踏みオルガンであった。生まれついての失寵者であると、諦観を持った。自分の躰《からだ》を楽器とする歌唱でさえ、わたしには困難なのだった。他の生徒が楽々と歌える高音を、わたしの喉《のど》は出せなかった。

楽譜を見ただけで旋律を知る音感を学びとっていなかった。柘榴の落とした五線譜を見ながら、異国の言葉で書かれた本を目の前にしたように、焦《じ》れったかった。

翌日のラジオや新聞は、はるか洋上の空母から発した米軍機編隊が、東京、横浜、名古屋を爆撃したが被害は軽微と、報道した。

数日後、新入生の集合写真を撮るときになって、クラスは違うけれど同学年であることを知った。柘榴の学級担任は、音楽専門の若い女教師であった。

伝統的に音楽教育と合唱が盛んな校風で、コンクールにも何度か優勝している。上野のピアノ科や声楽科に進んだ卒業生も多い。

わたしのクラスの廊下の窓は、狭い空き地をはさんで北棟の音楽室の窓と向かい合っていた。昼休みや放課後、音楽室からはいつも、上級生たちの『流浪の民』や『美しく青きドナウ』の三部合唱が、ピアノの伴奏とともに、楽しげに流れていた。

音楽の授業では、譜面をドイツ語の音階で読むことを教えられ、三つの音からなる幾つもの和音を、それぞれ聴きわける聴音を教えられた。どのクラスにも、小学校に上がる前からピアノを習っており、かなりな難曲も弾《ひ》きこなせ、和音――ＣＥＧ《ツエーエーゲー》もＤＦＡ《デーエフアー》も、わたしにはほとんど違いがわからない――を聴きわける音感も身についている生徒が一人二人はいて、音楽の時間に教師に名指され伴奏をし、教師は合唱の指揮をとるのだった。

入学の翌年から、戦況が少しずつ悪化しはじめ、二月、ガダルカナルから皇軍は撤退した。二年に進級した四月、山本連合艦隊司令長官の戦死が報じられた。

五月の末ごろ、茶の間で夕餉《ゆうげ》の卓についているとき、音質の悪いラジオがアッツ島の守備隊玉砕を報じた。開業医の父は往診中であり、帝大生の兄はまだ帰宅していなかった。国民学校五年と二年の弟が、出てこい、ニミッツ、マッカーサー、と子供たちのあいだで流行《はや》っている戯《ざ》れ歌を、声をあわせた。出てくりゃ地獄に逆落とし。食事中に戯れ歌を歌うような行儀の悪いことは、いつもなら母が許さないのだけれど、このときは咎《とが》めなかったので、調子に乗って二人の少国民は歌いついだ。ルーズベルトのベルトが切れて、チャーチル、散る、散る、首が散る、首が散る。

この日の朝、通学の途中で、わたしは初めてお化けに出会ったのだった。鶏はまだ連れていなかった。ぶつぶつ歌っていた。下の弟のために母が買い与えた童謡集レコードでわたしまで聴き覚えてしまった子守歌だが、お化けの歌は調子外れで、それでなくても陰鬱な歌がいっそうじめじめしていた。よりによってわたしの大嫌いな歌だ。坊や、泣かずにねんねしな。父さん強い兵隊さん、その子がなんで泣きましょう……。泣くな、と子供に言い聞かす歌なら、泣くな弟、きみだって、大きくなれば部隊長、という歌のほうが、颯爽《さっそう》として、少しだけ物哀しくて、よほど気に入っている。涙を拭《ふ》いて、さあ、笑え。白地に赤くひるがえる、ぼくらの旗を兄さんがたてあげよう、自転車に。

その翌日、わたしは、いつもより二十分ぐらい早く家を出た。

学校の音楽教育のおかげで、ピアノを習ったことのないわたしでも、簡単な楽譜ならドイツ語で音譜名を読めるようになってはいたけれど、旋律を正確に思い浮かべる能力はなかった。音楽室のピアノを弾いてみることを、どうして、長いこと思いつかなかったんだか。音楽室は聖域であり、ピアノは、わたしなどが触れるのもおこがましい聖具と思い込んでいたためか。昼休みや放課後は上級生が使うから、始業前しか、使える時間はなかった。弾いている――とはとても言えない、一本指でぽつりぽつりと音を確かめている――ところを誰にも見られたくないから、それにもまして、柘榴の楽譜は誰にも知られたくないから、通学するようになって初めて、始業より二十分も早く着いたのに、教室の前の廊下に据えられた物入れの抽斗に教科書やノートを仕舞おうとしたら、かすかにピアノの音が聴こえた。窓を開けた。音は明瞭になった。空き地を隔てて向かい合った音楽室の窓は開け放たれていた。

　弾いているのが柘榴でなくても、わたしはこの感覚をおぼえただろうか。曲の名をわたしは知らない。その音は、わたしの芯に忍び入った。生まれて初めて知る感覚に、うろたえた。冷たい氷の棒が下から垂直に天にむかって生え延びて、じんわりと熱くなって、むず痒《がゆ》いみたいで、比喩で言うなら、躰の内側が蜜になって溶けるとでもいうほかはないのだけれど、正確な表現ではない。躰のなかに……下のほうに、鳥が生まれた。いや、そのとき、わたしは一顆《か》の柘榴を己《おのれ》の体内に視《み》たのである。花ではない。最初から果実であった。柘榴の朱紅色の小さい花は俗っぽくて、ストイックな果実にそぐわない。あの果実と拮抗し得る花は、巨木の一樹の葉陰に一輪、せいぜい二輪、初夏に白い大きい肉厚の花弁をひらく泰山木だけだ。

　このときから、わたしは、名を知らないひとを柘榴と呼ぶようになった。

　窓のむこうに右の横顔を見せた柘榴の奏《かな》でる曲が進むにつれ、音域はひろがり、体内の柘榴は存在の強さを増し、そのさらに内部で真紅の粒が、中空に解き放たれる華麗なトリルに応えて煌《きらめ》きながらひしめき、身悶《みもだ》えてきしんだ。加速するテンポは硬質な果皮についに亀裂《きれつ》を走らせ、真紅の種は自らの意志で迸《ほとばし》るように八方に散り、それらは小さい鳥の群れとなり、嘴でわたしの内側の肉をつつき、羽をそよがせて擽《くすぐ》り、血にかわって全身を経巡りはじめた。

　飛び交いながら嘴は猛々しくわたしを喰いちぎり、翼は強靭になり、羽ばたくごとにわたしの肉は抉られ、柘榴の右の指が高音を顫《ふる》わせ、左は荘重な低音を響かせ、そのとき、別の手がひらめいて、楽譜をめくった。

　校庭などで柘榴を見かけるとき、いつもいっしょにいるひとだ。名前は知らない。聖羅《せいら》と呼ぼう。吉屋信子の『花物語』の凛々しいヒロインの名を借りて。柘榴の左側に腰掛けているので、伸び上がって楽譜をめくるまで、気がつかなかった。

　楽音を抱きながら大気はあくまで静謐《せいひつ》で、炎と蜜はわたしの躰のなかにのみあった。蜜にまみれた鳥は、息絶えがちに、嘴から紅い種を吐き――夏の樹にひかりのごとく鳥ぞ啼《な》く呼吸《いき》あるものは死ねよとぞ啼くと歌ったのは牧水だったか――鳥よ、世界の外から悪意の手によって投げ込まれた礫《つぶて》よ、とうたった詩人は誰だったか――華麗なカデンツを死の腐爛《ふらん》の寸前に光をこぼすルシファのように奏でる柘榴の指が、ふいに、とまった。わたしにはわからなかったが、ミスタッチしたらしい。小さい吐息をついたのは、聴こえはしないが、様子でわかった。

　視野に、椅子を立つ聖羅が映った。聖羅の白いハンカチが柘榴の額を拭《ぬぐ》った。柘榴は聖羅のほうに顔を向け何か二人は短い言葉をかわし、柘榴はもう一度、途中から繰り返した。ふたたび、高音は駆けのぼり、煌き舞い、低音が微妙な変化を含んでうねり、螺旋《らせん》の旋律を発しているのは柘榴の全身であり、回転する高音は柘榴の指からわたしの血の中に流れ入り、迸り、柘榴の指が、わたしの内側を熱い舌のように奔《はし》り、広がり、収縮し、複雑な和音が低音から一つずつ消えていき、高音の余韻を漂わせ、柘榴のはりつめた表情が、少しくずれた。束の間、虚脱したようにみえた。柘榴の上半身がぐらりとゆれて、倒れかかるのを聖羅がささえた。柘榴は聖羅の胸に頭をあずけ、わたしのなかで紅い無数の種は閃光となり、弾《はじ》けた。わたしは血の色の沼をたたえた形骸となった。

やがて、ピアノの蓋《ふた》を閉じ、二人は窓のほうにきた。窓枠に並んで肘《ひじ》をつき、視線を空にむけた。つられて、見上げた。渦巻《うずま》く光の粒子が視界を覆い、その一粒一粒が柘榴の余韻を含んでいた。

光の絃をたぐりよせるように、小暗《おぐら》き峰、小夜《さよ》ふけて、と柘榴はくちずさんだ。少年めいた柘榴だが、声は澄んだソプラノであった。月影落ち、肌寒し、と聖羅がアルトのパートを添えた。上級生たちがよく歌っている異国の曲で、わたしはタイトルは知らないが、聴くと肌がさわさわと粟立《あわだ》つのだった。怖いのではない、その逆で、こよなく惹かれる曲だからなのだが、あまりに蠱惑《こわく》的な曲は、肌《はだえ》を収縮させるのだろうか。百鳥《ももとり》さえ眠れるに、などてかかく起き明かす。流麗な旋律を歌いあげるソプラノを、アルトが力強く支える。わたしが加わるなら、ソプラノにそっと寄り添うメゾのパートであろうけれど、わたしはその譜を知らなかった。

聖羅とわたしの目があった。聖羅は、つと窓を閉め、カーテンを引いた。もとは白かったであろうキャラコは薄汚く黄ばんでいた。

腕時計に目を投げた。始業十分前。構内はざわめき始めていた。

柘榴たちのクラスの教室は、音楽室の上にある。聖羅が一人、校庭に出てきた。窓の外からわたしに声をかけた。

「お話ししたいことがあるの。ちょっと、お池までできてくださらない」

斜面と断崖が校庭に段差をつくっている。コの字形に建つ校舎に囲まれた下の校庭は朝礼とテニスコートに使われ、体育館が建つだけのひろびろと開けた上の校庭は運動に用いられる。〈お池〉は、断崖の下に山吹や躑躅《つつじ》の植え込みにかこまれていた。入学したてのころは、小さいながら細濁《ささにご》りもないほどに手入れがゆきとどき、音楽室を使えない下級生たちはこの傍《そば》でしばしば無伴奏で合唱を楽しんでいたのだが、崖を利用して防空壕が掘られるようになり、池は掘り出した土で埋め立てられている最中で、生徒は立入り禁止になった。それだけに密談、密会にふさわしい場所にもなっていた。

先に着いて待っていたのは、聖羅一人であった。聖羅と柘榴は、顔だちは似ていないのだが、大人びた物静かな雰囲気が共通していた。

「＊＊さんは」と、聖羅は柘榴の姓を口にし、担任の音楽教師の許可を得て、毎朝音楽室のピアノを使っているのだと告げた。「先生が依怙《えこ》贔屓《ひいき》をしていらっしゃるわけではないのよ。去年、＊＊さんのお父様はソ満国境で軍務についておられるとき、戦病死なさったの。つづいて、お母様が結核で長期入院なさって、＊＊さんは、伯父様のおうちに引き取られて、ピアノの個人教授につくような余裕がなくなったの。おうちにあったピアノも手放さなくてはならなくて……」

あたら才能の挫折を惜しんだ担任が、朝の音楽室の使用を許したのだそうだ。

「友達のおうちの事情をあれこれ話すのは、嫌なんですけど……。わたしのクラスの人たちはみんな、先生から伺って、知っているの。でも、よそのクラスにまで吹聴することはないと思っていました。あなたが知ってしまったから……。皆さん、音楽室は使いたいでしょ。＊＊さんだけが勝手に使っているとか、先生に贔屓されているとか、間違った噂がひろがると困りますから、あなたには事情をお話しすることにしました。朝のピアノのことはどなたにも黙っていていただきたいの」

「わかりましたわ」

重大な秘密を託されたようで、わたしは大きく頷《うなず》いたのだが、それは柘榴との親しいつきあいの始まりとなるものではなかった。朝礼五分前の予鈴が鳴り、通学鞄を、中身を入れたまま物入れの上に置き放しにしてきたことを思い出した。お先に、と声を投げて軽く会釈し、聖羅は去った。背筋をすっとのばし、上体の揺れない、涼やかな足取りであった。

教室に戻っていたら、朝礼に間に合わない。朝礼に出る気にはなれず、未完成の防空壕にひそんでみた。横穴の奥行きはまだ浅く、すぐに行き止まりになり、湿った土のにおいがこもり、足元はぬかるんでいた。闇にこもって入口に目を投げると、ドーム形に切り取られた校庭は薄く靄《もや》がかかったようで、それはもしかしたら、涙のせいかもしれない。わたしを鷲摑《わしづか》みにした激しい陶酔の感覚は、今頃になって生理的な反応をもたらした。悲しくも何ともないのに、躰のなかで沸騰した名残のように、血の雫《しずく》が涙腺から溢れていた。

その日から、毎朝、わたしは始業三十分前には着くように家を出ることにした。校門の鍵が開く時刻だ。柘榴は始業一時間前に通用口から音楽室に入る許可を得ている。

廊下に足音が入り乱れ、物入れの抽斗を開《あ》け閉《た》てする音が騒々しく、お早うございます、と登校生徒が挨拶をかわす声が賑やかになる朝礼十分前、柘榴はピアノの蓋を閉める。

十二月の始め、学徒出陣が始まり、兄も出征した。

年がかわり、昭和十九年の春休みが過ぎ三年生になった新学期から、戦時体制が強化され、空襲のとき身軽に動けるようにということで、伝統のセーラー服とスカートの着用は廃止、ヘチマ襟の野暮ったい上着で、ズボンの上からゲートルを巻いて通学することになった。

防空壕は完成し、時折警報が鳴るたびに、整然と入った。火を防ぐ扉もない、ただの横穴だ。

わたしたちの学級担任教師は五月に応召し、よそから急遽《きゅうきょ》よばれた中年の教師が担任になった。額がてらてら光り前歯の突き出た新任教師は、生徒のあいだでゴールデンデッパと呼ばれるようになった。英語の授業は廃止になり、莨《たばこ》のゴールデンバットも名称を変えられていたのだったが。

上級生は四年生も五年生も軍需工場に動員され、わたしたち三年生がさしあたり校内では最上級生で、昼休みの音楽室は合唱を熱烈に好むグループが占領していた。柘榴は早朝の練習をつづけ、わたしは激越な炎に躰のなかを焼かれながら、窓越しに聴くのだった。柘榴も、いつも一緒にいて楽譜をめくる聖羅も、わたしに目を向けることはなかった。

物入れの抽斗は菫の小さい花束と手紙の通い路だったが、返事をださなければ、下級生の幼い恋はじきに冷めるようで、また別の子からの手紙が入っているというふうだった。学校の近くの花屋が四月に店を閉めたので、行き来するのは手紙だけになっていた。わたしは音楽室の上の柘榴の物入れには近づいたこともなかった。

しかし、マリアナ諸島に米軍が攻撃をかけてきているものの我が精鋭の迎撃に歯が立たないと報じられている五月、わたしは通学鞄のなかにカードを入れていた。ミッションスクールの向かいの店で、前日の下校時に買ったものだ。店においてある品は少なくなったが、まだカードぐらいはあった。

　木造校舎は、どうしてこうも、どこもかしこも埃《ほこり》くさいんだか。窓ガラスを透した朝の光のなかで、塵《ちり》が渦巻いている。柘榴の最後のピアノが聴こえる。

　物入れの抽斗に教科書やノートを移しているとき〈待つでやすわ〉が通りかかったので、いそいで直立し、膝頭の前で軽く手を重ね、六十度のお辞儀をした。老いた作法教師は、一瞬とまどったように見えた。作法室の畳に薄紅い痕《あと》を残した生徒と、一対一で会ったとき、どういう表情をしたものかと困惑したのだろう。会釈を返したが、視線がわたしのゲートルに向けられた。巻き方が下手なので、ゆるんでいた。〈待つでやすわ〉はなにも咎めず、行き過ぎた。女学生が兵士や工員のようにゲートルを巻くのは、作法教師の指導要綱にはないことであったろう。

　作法の授業はなくなる。作法どころか、音楽も、他の授業も、明日からいっさいなくなる。三年生も動員が決まり、航空機生産の一部の仕事を学校ですることになった。学校が工場化されるのだが、柘榴と聖羅の学級だけは、外部の工場に通う。明日から、柘榴は学校にくることはない。

　北棟の二階に上り、だれもいないのを確認してから、物入れの柘榴の名札が貼られた抽斗に、カードの入った白い封筒をしのばせた。名前はもちろん、文言は何も記さなかった。差出人が誰と、柘榴が知る必要はない。わたしだけの羽飾りとなる行為だ。

†

学校工場の作業内容は学級ごとに異なった。螺子《ねじ》の有効径をノギスで計るクラスがあり、指導監督にくる工員の一番上位の男にゲビスと渾名をつけたのは、そのクラスの生徒たちであった。たちまち、全生徒にひろまった。カーキ色の国民服にカーキ色の戦闘帽をかぶったそいつは、にやにやしながら近寄って生徒たちにそれとなく触るからだ。学年全体を監督するゲビスのほかに、若い工員が各学級にひとりずつ指導につき、わたしのクラスの工員はまじめで、すぐ赤くなった。

わたしたちのクラスに課せられたのは、金属の螺子のバリ取りと洗浄という単純作業であった。それぞれの机に、螺子を山盛りにした金網の笊《ざる》がおかれ、鋳型からはみ出した部分を金鑢《やすり》で削り取り、もう一つの笊に移す。バリ取りのすんだ螺子が笊一杯になると、廊下に運び、洗浄用の油に笊ごと入れて振り洗いする。最初に一度手順を示されれば、あとは指導も監督もいらない仕事だが、ゲビスと工員たちは、毎日きた。

夏休みの間も学校工場はつづけられ、サイパンの守備隊が玉砕し、グアムが陥ち、秋が深まり、レイテ沖で激しい海戦が行われている十月の末、神風特攻隊の初出撃が伝えられた。

毎朝教室に配られる石炭が不足して、ストーブが満足に熱くならない十一月、螺子の触れ合う騒々しい音を消すように、だれからともなく、天津御使《あまつみつか》いの言葉さながら、声もひそやかに、希望ささやく、と合唱が始まった。だれが指揮をとらなくても、おのずと三部にわかれた。合唱の好きなグループは、上級生や卒業生から不要になった合唱曲集をゆずり受け、昼休みを利用して、二年までの授業では習わなかった曲を音楽室で練習していた。昼休みの合唱はたちまちクラス全体に波及し、ほとんど全員が参加するようになった。加わらないのは、わたしぐらいなものだったろう。

四分音符三拍子の『希望の囁《ささや》き』は、小節の頭にアクセントがくるので、バリ取りの手とリズムがよくあった。闇は四方《よも》に籠め、嵐猛《たけ》れど、明日陽《あしたひ》は昇り、風も和《なご》まん。わたしはハーモニーのなかに溶けこめず、手は小さい螺子の頭に鑢をかけながら、ピアノを弾く柘榴によって識《し》った感覚をからだのなかに蘇らそうとする。他の何によっても得ることのできないあの感覚を、決して他人に――だれよりも柘榴に――悟られてはならないうしろめたいものと、なぜか、直感していた。お姉様、お慕いしていますと認《したた》めた手紙を紫の菫の花束とともに物入れにしのばせるような他愛のない思慕とはまるで異質の、極度に過剰な感覚であった。

若い指導工員は、作業中にふいに始まった合唱に、とまどった顔をしたが、笑顔をみせた。

靴音をたてて、後ろのドアからだれか入ってきた。振り向くとゲビスだ。静かに聴きいっているようなので、希望の甘き言葉、憂《う》きにも幸《さち》はひそむ、と三部合唱はつづいた。

ゲビスは前にきて胸をそらせ教壇に立った。歌う生徒たちを暫《しばら》く見わたしていたが、突如恐ろしい形相をつくり、「馬鹿者」と怒鳴りつけた。

そのあとに、お説教がつづいた。時局はいまや重大な局面にある。航空機生産の任務をないがしろにして、外国かぶれの歌を歌うおまえたちは、非国民だ。

静まり返った生徒たちの後ろのほうから、歯のあいだから漏れる息のような声で、ゲビ、ゲビ、とささやきがおきた。波紋状に広がった。ゲビスは一瞬蒼白になり、それから、赤黒くなった。貴様ら、とどなりかけたとき、昼休みの鐘が鳴った。

「作業をつづけろ」とゲビスは命じた。「歌など歌って生産の遅れた分を取り戻せ」

級長が立ち上がり抗議した。「生産は遅れていません。歌いながらのほうが、単純な作業に飽きないで能率があがります。それから、外国かぶれの歌と言われましたが、この歌は、我が同盟国ドイツの歌です」

そうです、と生徒たちが騒ぎだした。廊下の外まで響いたとみえ、ゴールデンデッパが教室に入ってきた。生徒たちが口々に訴えるのを担任教師は制し、「この学校の生徒は生意気だ。俺を工員風情だと思って馬鹿にしている。学校の教師より指導員のほうが偉いのだと、きちんと教えておけ」と息まくゲビスに頭を下げ、非常時をわきまえろと生徒たちに訓示した。〝単純な作業に飽きないように〟とは何事か。きみたちの磨く螺子は尊い特攻の勇士たちの乗る機体の一部になるのだ。作業中に歌ったりする不謹慎なことは禁じる。

ゲビスが、つかつかとわたしに歩み寄り、指をむけた。「きみは、弁当を食べてよろしい。他の者は作業をつづけろ。きみは歌っていなかった。俺は公平に見ている」

おまえだけ、裸だ、と言われたような気がした。指導員に言われたとおりにせよと、ゴールデンデッパが目顔でわたしに示したのは、これ以上ゲビスを逆上させないためであったが、不浄であるがゆえにすべての級友から追放されるのだと、わたしは感じた。おまえだけ、畳に紅い跡をつけた。おまえだけ、女学生が識ってはならない感覚を識っている。

廊下に出、物入れから冷たい弁当の包みを出していると、皆の歌う声が教室から聴こえた。精神を引き締めるためであろう、教師が命じたのか、皆が自主的にそうしたのか、ゲビスの指令か。「御《み》民《たみ》われ、生けるしるしあり、天地《あめつち》の栄《さか》ゆるときにあえらく思えば」と、ラジオでよく聴く歌であった。斉唱で歌われるのだが、生徒たちは、自ずと音を選び三部にわかれていた。

短い歌が終わると、螺子を山盛りにした金網の笊をかかえて、生徒のひとりが廊下に出てきた。

笊ごと油に浸し、洗いはじめた。

音楽室の扉の鍵はあいていた。弁当の包みを傍らの机にのせ、黒々と巨大な〈音楽室のピアノ〉の蓋に、わたしは初めて触れた。ストーブもおいてない音楽室は吹きさらしの校庭とかわらない寒さだが、黒い塗装で保護された木質のピアノは、ほんのりしたぬくもりを掌《てのひら》に伝えた。いつもポケットに入れたままの、柘榴の五線譜を譜面台にのせ、かじかんだ指で、ぽつりぽつりと音をたどった。わたしのからだのなかに、このとき生まれたのは、硬質な柘榴ではなく、いきなり、鳥だった。雛の和毛《にこげ》がからだの中をくすぐる。激しい陶酔は、気配のみ感じさせて、襲ってはこない。

背中から覆いかぶさるように、だれかの腕がのびた。指が鍵盤におかれ、襟足に息がかかった。ゲビス、と気がついたとき、悪寒が全身を走り、叫び声をあげていた。たじろいでゲビスの力がぬけた隙をつき、逃れた。手近には弁当の包みしかない。投げつけると、顔に当たった。結び目がほどけ、蓋が開き、飯粒が散った。

防空壕に走り込んだ。同時に、警戒警報が鳴り、整列した生徒たちが壕に入ってきた。空襲警報がつづいた。

翌朝、登校の途中、お化けに出会った。柘榴が校外の工場に通うようになってから、わたしの登校時刻も遅くなり、お化けにはずっと遇っていなかった。久しぶりだ。千切れかけた鶏冠は、青白く垂れていた。わたしは鶏をつかまえ、首を地面におさえつけ、外套《がいとう》のポケットからだした小刀の白鞘《しらさや》を抜いた。上の弟が模型飛行機作りに使っていた切れ味のいい刃物だ。鶏は暴れ、蹴《け》爪《づめ》がわたしの外套の袖を裂いた。厚手の外套を着ていなかったら、腕の肉が裂けただろう。おさえつけた手の下で、鶏の筋肉は、内側から膨れあがるように動いた。鶏冠を断ち切ろうとしたが、暴れて手に負えないので、まず、眼を突き刺した。地に縫いつけるように貫くと、いっそう暴れ、石炭がらが飛び散ったが、力は弱まった。胴体を膝でおさえ、左手で頸をおさえ、刃物を眼から引抜き、すぐさま鶏冠を断った。べろりと地に落ちた。目的を果たしてもわたしのなかの力はおさまらず、頸に刃物を入れた。骨に当たり、一度では断ち切れず、全身の重みをかけて挽《ひ》き割った。わたしが立ち上がると、首のない鶏は、二三度脚を痙攣《けいれん》させ、動かなくなった。走りまわろうとする意志だけはあったのかもしれない。お化けはわたしににやりと笑いを投げ、駅とは反対のほうに歩き去った。学校についてから手洗い場の水道で小刀を洗った。弟の机から無断で持ち出した小刀は、刃こぼれしていた。血のついた外套は脱いで裏返しに畳み、小刀を持った左手をかくすように腕にかけた。

教室にむかう途中、廊下でゲビスと行き合った。ゲビスは、わたしを睨《にら》みつけ、おまえが誘ったんだぞ、と低く言った。外套を少しずらし、小刀の鞘を一寸ほど抜いてみせたら、青ざめて黙った。ゲビスを殺すために持ち出した小刀であった。激しい感情はいったん噴出したあとだったから、ゲビスは助かったのだ。

窓の外から音楽室をのぞいてみた。わたしの弁当箱はなく、散乱した飯粒もぬぐい去られていた。凌辱未遂の痕跡をなくすためにゲビスが始末したのだろうか。おかげで、昨日と今日、わたしは昼食なしだ。朝、弁当は自分でつめるから、持ったふりをして今朝は家をでたのだ。三日つづけて昼食抜きはこたえる。今日は、母に弁当箱をなくしたと白状し詫びなくてはならない。紛失の口実を、どうしたらいいんだか。兄が使っていた古いのをまわしてもらおう。絵はもちろんついていない、アルミのべこべこの大きい弁当箱だが、やむを得ない。

翌、昭和二十年の正月明けから、ゲビスはこなくなり他の工員が指導にきて、作業は続けられた。

†

畳に紅い痕をつけた恥辱の日、わたしは人でなくなったと思った。そして、ゲビスのかわりに鶏を斬首したあのときから、——わたしが斬ったのは自分の首ではなかったか——わたしは死んだまま、躰だけ動いている。一度あの感覚を識ってしまった者には、その余のことは影にすぎない。


本土空襲が激化した。

一月、軍事施設など何もない都心の有楽町や銀座に、焼夷弾《しょういだん》、爆弾が投下された。二月の半ば、渋谷、赤坂から江戸川まで、絨毯《じゅうたん》爆撃で焼き尽くされた。

生徒の防空宿直がはじまった。夜間、校舎に焼夷弾を落とされたら、即座に防火鎮火にあたるためだ。校外の工場に行っているクラスをのぞき、四クラスからそれぞれ順番に三人ずつ、十二人で作法室に宿泊する、蒲団《ふとん》は備えてあるが、毛布と食糧は持参だ。

防空演習が盛んに行われている。防火は最初の一分間が重要である。エレクトロン焼夷弾が発火したら、濡れ筵《むしろ》を楯《たて》に接近し、火元を筵で覆い、上から水をかけ砂袋をなげつける。油脂焼夷弾には決して水をかけてはならない。濡れ筵をかぶせたあとは、土や砂で消火せよ。黄燐《おうりん》焼夷弾は恐れることはない。白煙を濛々《もうもう》とあげ凄まじく見えるが、水をかけるだけで鎮火する。天井裏や屋根裏に焼夷弾がとまったら、鳶口《とびぐち》で突き落とせ。そう指導されている。

朝から雪の降りしきる二月の末、二百機近いＢ29が、日本橋から下谷にかけての一帯を、焼夷弾と爆弾の絨毯爆撃で燃やし尽くした、東京だけではなく、名古屋だの神戸だの、主要都市が盲爆を受けている。手当たり次第に焼き尽くし逃げまどう者を機銃掃射する空からの殺戮《さつりく》が激しくなった。

母は弟二人を連れて郷里に疎開し、仕事がら東京を離れるわけにはいかない父の身の回りの世話をするため、わたしは残った。出征した兄からの便りは絶えていた。

三月。深夜、警戒警報もなく突然、空襲警報が鳴り響いた。ラジオの報道によると山の手は大丈夫らしいので、わたしは父と一緒に二階の露台に出た。探照灯の巨大な光の柱が漆黒の空に弧を描きつつ、闇を舐《な》め取っていた。夜の裾は真紅にゆらめき、高射砲の炸裂音と爆音が、遠い打ち上げ花火のように聞こえ、二本のサーチライトが十字に交わった交点に機影が捉《とら》えられた。我が空軍の小さい防空戦闘機がＢ29の巨体に体当たりした。

そのとき、柘榴によって識った感覚に似たものが、かすかに躰の中を走って一瞬で消えた。小学校の五年だか六年のときに見た映画を思い出した。夏の夜、小学校の校庭に幕を張っての映画会だった。燃ゆる大空、気流だ、雲だ……輝く翼よ、光と競え……、と主題歌の歌詞は勇壮であり旋律は軽快なのだけれど、画面では、支那大陸の上空で、壮烈な空中戦で敵機を撃墜した飛行士が自分も重傷を負い、着陸を果たして死に――あのとき、わたしは、悟っていたではないか、この感覚が、だれにも言えぬ罪深いものであることを……。

翌日の報道は、Ｂ29の大編隊が帝都の上空に侵入し、本所深川から日本橋、神田あたりが、見さかいない絨毯爆撃にあったことを告げた。被災地域は東京三十五区のうち二十五区におよび、一夜の死者は八万を越えた。

四月にも東京とその近辺に大空襲、絨毯爆撃が数度あった。小規模な盲爆は連日息つく暇もない。被災したり疎開したりするものが増え、クラスの生徒の数は半減していた。

こんなころになって、わたしの家にはピアノが運び込まれた。叔父が出征し、その結婚相手が実家に疎開するにあたり、ピアノを遠くまで輸送できないからと、わたしの家に置いていったのである。ピアノは、さして広くない応接間を、なんだか馴染みのないものに変えた。柘榴の五線譜を繰り返し弾いた。手ほどきをしてくれる師がいないので、指使いはでたらめだ。そのたびに、悦楽のかすかな気配を感じた。しかし、陶酔に浸る前に、背後に立ったゲビスの感触が連想され、振り払っているあいだに気配は消えるのだった。

五月二十三日、朝食のとき、父に「今夜は防空宿直の当番なので、学校に泊まります」と告げると、「休め」父は命じた。「休めません。わたしが休むと、だれか他の人が代わりに出るようになります」「もし、空爆があったら、焼夷弾を消し止めるより、まず、安全なところに逃げろ、バケツ・リレーは、大量の焼夷弾には役に立たない。噴火口にたちむかうようなものだ」「お父様。口答えしてごめんなさい。でも、わたしたちが初期防火しなくては、学校は護《まも》れません」

学校工場の作業が終わってから、宿直当番は作法室に行った。めいめいが持ち寄った少量の米、味噌、野菜、炭を使って、夕食は、家事実習室で自炊する。ガスは止まっているから、学校の備品の七輪二つに炭火をおこし、楽しいキャンプのように笑いさざめきながら、飯を炊き薄い味噌汁を作る。わたしも笑い声をたてる。皆と同じ表情を作り同じしぐさをしていれば、保護色によって叢《くさむら》と同化する蜥蜴《とかげ》のように、わたしがいることを、だれも気にかけない。躾《しつ》けのいい同級生たちは、ひとりだけゲビスの特別待遇を受けたわたしに、とりたてて敵意を見せもしないし、意識して排除するわけでもなかった。ふつうに付き合おうとつとめるあまり、いささか声や態度がぎごちなくなるだけだ。

　敷居も雨戸もすり減っているから、勢いよく閉めると雨戸がはずれて庭に落ちる。大騒ぎして嵌《は》めなおす。暗幕を二重に張りめぐらし、二〇燭光の弱い電灯をつける。

　防空頭巾をかぶり、外回りを点検する数人に加わって、校庭に出た。

　遠い墓標の群れのような星々の微かな光が校舎を黒く浮きだたせ、野面《ののも》暮れて、鳥は眠り、夢を見る野茨《のいばら》、と三部にわかれて歌いながら――わたしは歌えない――防火用水桶に水は満たしてあるか、筵や火叩き棒や砂袋は揃《そろ》っているか、おかれてある場所を見て回る。

　なぜ、躰だけがいつまでも生きているのか。空腹をおぼえ、眠りを欲し、疲労を感じ、それらはどれも、生存本能を持った躰が訴えているので、でも、躰は、悦《よろこ》びだの、好奇心だの、やさしさだのを、感じることはない。

　部屋に戻り、頭を突きあわせる形で蒲団を二列に敷き並べる。折り畳んだ防空頭巾を枕元に、ゲートルは巻いたまま横になる。宿直当番の教師が一度部屋の様子を見回りにきた。

　お喋《しゃべ》りの声がだんだん低くなり、寝息にかわる。黒布をかぶせた二〇燭光の電灯が、ずいぶん明るく感じられる。薄闇のなかで、お化けを視た。お化けは凶兆ではない。鶏の首を断ち切ったおかげで、ゲビスを刺さなくてすんだ。時をおいて冷静に思いなおせば、刺していたら大変な問題になっていたと分別がつく。お化けに親しみを感じるのは、わたしが人ではなくなったからだ。恥辱と凌辱によって壊れた魂が本当の形をとったらお化けと双子のように似ていることだろう。

　お化けが、ふと耳をすます顔をした。空襲警報が響き、お化けは薄れた。皆、跳ね起きた。防空頭巾をかぶり外に出ると、夜空の彼方を照明弾が静かに落下しながら地上を照らしだす。つづいて高度を下げたＢ29が焼夷弾を降らし、火の手が上がった。

　まだ遠いと思っているうちに、地上の火を映して赤いジュラルミンの巨大な機体が頭上に飛来した。耳を聾《ろう》する爆音に、金属音がまじり、流星群に似て、焼夷弾が幾筋も降りかかった。いま出てきたばかりの作法室のある棟の屋根を、貫いた。目のくらむ光芒《こうぼう》が空にのぼった。いっせいに用水桶に走り寄り、防空頭巾を水に濡らしてかぶりなおし、水に浸した筵を抱え、走り戻る。

　ゲートルがゆるみ、先端が足にからまり、わたしは遅れた。巻きなおしていると、轟音《ごうおん》が近づき、爆弾がＢ29の機体を離れ、放物線を描き、垂直になって落下してきた。

　作法室の棟とは離れたところで、白く眩しい光芒を噴き上げた。輝く火花を数メートル四方に散らす。逃げかけたが、落下地点が音楽室の棟に近いことに思い当たり、走り寄った。荒れ狂い飛び散る火花が頭巾を焼き、服を焼いた。濡れ筵をかぶせた。やや火勢が落ちた。炎が黒くないから油脂焼夷弾ではないはずだ。とっさにそう判断し、用水桶に走り、備え付けのバケツに汲んだ。ピアノの音を聴いた。励まされ、何度も往復し、水を汲んではかけた。鎮火した。ひとりで消し止めたことに、死んでいた魂が昂揚し、わたしは音楽室に入った。ピアノの前の柘榴は、戦争は遠い大陸のみで行われていた入学時の、セーラー服に車襞のスカートだった。

「あなた、ひとり？」わたしは小声で訊《き》いた。「いつも、譜をめくっている方は？」

「疎開なさったの」

「あなたは……」

「うちに焼夷弾が落ちてね。焼け死ぬのなら、ここで、この制服でと思って」

柘榴は言い、突然、わたしの背を叩いた。

「火がくすぶっていたわ」

「ありがとう」

「大丈夫？　火傷は？」

「魂が蘇ったから、躰は死んだの」

わたしはそう言って、防空頭巾を脱ぎ、柘榴と並んだ椅子——いつも聖羅が腰掛けていた——に腰をおろした。

わたしの恥辱、凌辱は、炎に浄められた。わたしは鍵盤にそっと右手の指をおき、太陽は孤独だ、の旋律をぽつりぽつりと弾いた。

柘榴はわたしの椅子を右側に移し、一オクターブ高い位置で繰り返し弾きつづけるようにうながした。そうして両手を鍵盤においた。柘榴の右手は、最初、同じ旋律をたどり、ついで、十指が、変奏を奏ではじめた。わたしの奏でる短い単純な旋律は、広い音域を覆う柘榴の指の、優雅な魅惑、力強い抱擁に溶け、喘ぎ、痙攣し、戯れあい、窓硝子《ガラス》が割れた。顔の右半面を、強打したのは、爆風か、硝子の破片か。炎が噴き込んだ。わたしは立ち上がり、炎が柘榴に届かないように窓に背を向け、「あなたの一番好きな曲を弾いて」と頼んだ。

爆風とともに飛び込んだ火花が、音楽室のそこここを燃やしはじめ、ピアノの上に置かれた楽譜の束は熱風に煽られて舞った。

飛び散る硝子の破片はわたしの背中ぐらいでは防ぎきれず、柘榴の頬をも切り裂き、滴《したた》った血は、柘榴の指を濡らし、鍵盤の上に流れた。

柘榴は、スカートのポケットから小さい薬包紙を出して開いた。「あなたも、要る？」「毒？」「眠れるの」「火に包まれても目が覚めないくらいぐっすり？」「ええ、そう」

柘榴の伯父という人も医者なのだろうか。ふつう手に入る薬ではない――どうでもいいことだ――。セーラー服を着ていないのが唯一心残りだったが、せめて、ゲートルをはずした。

五人ぐらいの致死量にあたるという粉薬を半分ずつわけて、口に入れた。水がないので、唾《つば》で溶かして呑み込んだ。窓の外は、火の帯が津波のようだ。薬の効果は、まず、この上なく心地よい陶酔から始まった。くちびるを、軽く触れあった。同じ致死の毒を分けあった者同士の挨拶であった。

ピアノの前に柘榴はおらず、薬は父の薬品戸棚からわたしが持ち出したものだったかもしれないと思ったが、どうでもいいことだ。わたしはでたらめな指使いで、でも暗譜で、鍵盤に触れる。燃え落ちる太陽。血の顆粒を包んだ巨大な柘榴。建物の焼け崩れる音が低音を響かせ、落下する焼夷弾の金属音は、高く顫える。

真珠

神秘だの超常現象だのを他愛なく信じるには、年がいきすぎている。星占い、手相、人相、タロットカードのたぐいに興じてみるのも、ただの遊びにすぎない。まして、夢。何の意味があるものか。

そう思ってはいるけれど、抱擁し口づけをかわす口のなかに粟粒《あわつぶ》のような真珠があふれ、ほろほろとこぼれ落ち、床を埋めつくし、そのあいだ、からだは蜜の壺となり、あまりに過剰な艶やかな甘美に息絶えるかと思うほどの夢をたてつづけに毎夜見るのはなぜか。

真珠はどちらが先に産みだしたものか、口移しに相手にあたえ、受け、あふれてこぼれ、乱れた髪にからまり、一夜かけて髪にちりばめられた真珠は銀河をなす。

相手の姿はさだかではない。男とも女とも、それさえ判別できぬもどかしさだ。

尚雄《ひさお》であるなら、肌恋しさが凝って珠と化しても淫らのそしりを受けることはないけれど、死んで十三年になる尚雄がそれほど恋しいか。写真をことさら見ることもなくなっていた。

死なれた当初は、胸苦しくて写真を見る気にはなれなかったが、歳月はどれほどの傷みも薄れさせ、近頃は忘れている時が多くなった。

死者が夢訪《ゆめど》いするのは、こちらの想いが強いため。忘れていたのだ。尚雄ではあるまい。

雨もよいの日がつづく。ピアノの出稽古から帰宅して、いつものようにまず郵便受けをのぞき、数通のダイレクトメールをバッグにつっこんだとき、母屋との間を仕切る生け垣をかすめて、小技が落ちてきた。鋭い光が目の隅をかすめ、濡れた刃物がきらめいたのだと気がついた。

木製の長い柄のついた鋏《はさみ》で枝を伐っているのは家主だ。裾《すそ》がくるぶしまでとどく花柄の細身のワンピースの上にフード付きのビニールコートを羽織り、フードがふくれているのは、その下に愛用のつばの広い帽子をかぶっているからだ。ミュシャの絵のような服装も、ビニールコートでだいなしだ。家主が住む母屋のまわりには、柘榴《ざくろ》、椿、桃、楓、柘植、木犀、梔子《くちなし》と庭木が豊富だ。枝ぶりを見るでもなく、両手で柄をにぎった鋏をふりあげ、無造作に伐る。そのたびに、鋏は、濡れたタオルを石に叩きつけるような音をたてる。人の首を斬るときの音を、そう形容しなかっただろうか。家主が枝を伐りまくるのを、これまでにも、何度か目にしている。

気配を感じたのか、家主はふりむいた。

「すっきりするでしょ」そう言って肩をくねらせ、柄を持った両手を開いて飛び上がり、高い枝を伐り落とした。

晴れた日、遠目に見る家主は泰西名画の娘に似るが、間近に顔をあわせれば、下瞼《まぶた》のたるみ、目尻の深い皺《しわ》、唇の両端からあごにかけて垂れた肉は、優雅な帽子のつばでもかくしようがない。

私が借りているのは、広い庭の一隅に建つ離れ家である。尚雄と結婚したとき入居したのだから、もう十七年も住みついていることになる。

貸家として建てたものではなく、四十年ほど昔、その家の娘が結婚する際、両親が建ててやって住まわせたものだ。夫の転勤で娘は遠国に行き、両親は空いた離れを他人に貸した。私たち夫婦は、何代目かの借家人だった。八畳間にダイニングキチンつき、狭いけれど一戸建てで、その上、娘がピアノを弾《ひ》いていたから、洋間の壁は防音、床もアップライトの重量に耐えるよう頑丈《がんじょう》に造ってある。私たちは洋間にピアノとダブルベッド、鏡台を据えた。

尚雄のサラリーでは、家賃をはらったら後いくらも残らないので、私は出稽古の生徒をとってピアノを教え、生計の足しにしていた。音楽学校の出身ではないけれど、子供のころから母親に叱咤されてレッスンに通わされ、教師の熱意もあって何とかつづいたのだった。ピアノというのは、私の母親の世代には、憧れてもとどかぬ夢であったようで、狭い団地の六畳間にアップライトを据え、子供をレッスンに通わせる家が多かった。

尚雄が急死してからも、私はこの離れに居つづけた。越せば、また新しく生徒を募集しなくてはならない。音大出の肩書を持たない私は、幼稚園児やせいぜい小学生ぐらいを相手にバイエルの初歩を教える程度のことしか要求されなかった。教室の規模を大きくする野心もなく、おさらい会さえ開かないので、母親の受けはよくないけれど、月謝が安いのが取柄で、顔ぶれがいれかわりながら生徒の数はさして増減なく、気がついたらここに根が生えていた。

仕事は嫌いだ。叶《かな》うことなら、なにもせずに、懶惰《らんだ》な猫のように過ごしたい。

家主夫婦が相次いで死んだのは、今年に入ってからだ。この離れの元の住人である、結婚して他国に行っていた娘というのが帰ってきて、親のあとを継いで家主として母屋に住むようになった。生け垣越しに最初の挨拶の声をかけてきた。そのときも、つばの広い帽子をかぶり裾の長い花柄のワンピース、模造だろう真珠のネックレスを二重に痩せた首にまわし、ミュシャ風に腰をくねらせていた。尚雄さん、お亡くなりになったんですってね、となれなれしく夫の名を口にした。母から聞きましたわ。私も夫に死別しましたのよ。私たち、同じ境遇だわねぇ。お淋しいでしょ、あなた。仲良くいたしましょうね、あなた。

いいえ、少しも淋しくなんかありません。

おえらいのね。淋しくても、口にはおだしにならないのね。お茶をいれますから、およりにならない。

いいえ、けっこうです。

あなたが住んでいらっしゃるその離れ、わたしが昔使っていましたのよ。

知っています。

なつかしいわ。結婚したてのころ、わたしと夫が過ごした部屋。あなたもご主人とあの部屋で。

失礼します。わずらわしい気分を露骨に顔に出してそう言ったら、その後はあまり言葉をかけてこなくなった。

爪先の湿ったストッキングを脱ぎ、洗濯籠にほうり入れてから、バッグから郵便物を出す。ダイレクトメールは封も切らず屑籠に捨て、一通だけまじっていた洋封筒の端《はし》を、鏡台の上においてあった鋏で切ると、二つ折りのカードが入っていた。開けたらとたんに、甲高い金属的な音がハッピーバースデイを奏で、小さい真珠が一粒ころげ落ちた。

祝われるような日ではない。生まれなければどれほど楽だったか。差出人の名前はなかった。

耳の底に残る不愉快な音を消すために、ピアノの蓋《ふた》をあけたが、まともに弾く気にもならず、鍵盤の上をでたらめに指を走らせると、バシリと濡れた布をたたきつける音とともに、「すっとするでしょ」家主の声が耳によみがえる。激しい音をたてて、蓋を閉じた。鏡に、四十の誕生日をむかえた顔が映る。

帰宅の途中スーパーで買った出来合いの惣菜で夕食をすませ、TVも見たいほどの番組は一つもなく、ヴィデオも見飽きた、何をするのももの憂《う》くて、冷えたベッドに横たわると、じきに口のなかに粟粒のような真珠があふれ、ほろほろとこぼれ落ち、床を埋めつくし、そのあいだ、からだは蜜の壺となり、あまりに過剰な艶やかな甘美に息絶えるかと思うほどの夢に襲われた。

抱きしめられ、口移しに真珠は私の口に移り、こぼれあふれて乱れた髪にからまる。相手の姿がおぼろに形をとり、帽子の広いつばが目の前で波うち、私は突きのけて起きなおった。

目ざめた部屋は、暗いはずなのに鏡に映る顔が見える。

私は鏡と向き合った。映っているのは広い帽子のつばに額をかくした家主の女で、私にほほえみかけ、鏡の奥から両手をさしのべる。

あなただったの。毎夜……。

わたしは、あなた。あなたは、わたし。鏡のなかの女は言い、立ちすくむ私を抱きしめた。のがれようとすると腕にいっそう力をこめ、くちびるを合わせ、口移しに真珠の粒を私にふくませる。

くちびるのはしから零《こぼ》れた真珠は私の胸をつたい、床を埋めベッドを埋め、私は真珠に埋もれ、そのとき鋏の音がひびく。私ののどから流れた血が、薄闇のなかで淡い光を照り返す真珠を、黒くおおっていく。

断章

マニキュアを落としたら、透明な爪と指の肉のあいだのわずかな隙間が水にみたされ、何か泳いでいる。また塗りつぶした。

†

†

「そこは、歩いてはだめ」

異母姉の言葉のきつさに、びくりと足をとめると、「歩きたけりゃ、歩いたっていいけどさ」そっけなく異母姉は言い足した。

「落ちたって、あたしのせいじゃないからね。あたしは、一度教えたんだから」

異母姉の言うとおりなら、この家は、歩いてはいけない場所、触ってはいけない場所だらけだ。この家にきてから、一月あまりたつけれど、まだ、異母姉の命じる禁忌をおぼえきれない。

二階の子供部屋から一足出ると、道に迷う。

今日、はじめて、異母姉が庭に連れ出してくれたのだ。雑草だらけだ。

「井戸だよ」

空を指す異母姉の指の先を見ながら、つい足を踏み出したら、空にむかって落ちた。

†

中身が溶けはじめたのは小指の先からで、皮膚の下がたぽたぽゆれる。針を突き刺してみた。他愛なく、全部入ってしまった。心臓までいくといやなので、揉《も》んだり押したりして、苦労して抜き出した。針の穴に、金色の長い髪の毛がとおっていた。

†

貴女の飼う水が卵生種であるか否かを初期において見極めるのはきわめて困難である。不可能であると断言してもいい。

ペットショップで扱われることはない。貴女が水に出会うのは、ふとゆきずりの草原であったり、U字溝のへりであったりする。

水がどのようにしてそこに産み捨てられたか、貴女は知らない。

母胎は、卵形の鉱石なのである。ざらついた表皮はいたって醜い。大小さまざまで、さりげなくころがっている。専門の業者は、するどく見抜く。それが貴石を秘めていることを。業者は、鋭利な裁断具をもちいて、石を半分に断ち割る。見込みがはずれ、割っても芯までただの石であることもある。うまくいった場合、石の断面は、まことに美しい。まず、外郭は瑪瑙《めのう》である。空洞になった内側に、紫水晶の結晶が、空洞の中心に先端をむけて林立する。

業者にはこれで十分なのである。虹色の瑪瑙が艶《つや》を帯びるように断面を磨けば、高価な商品になる。

内部をみたしていた水は、不要なのである。一顧だにせず、投げ捨てる。

通りかかった貴女は、たまたま、捨てられている水に目をむけてしまう。

文字通りうるんだ、愛らしい、そして哀しげな瞳でみつめられたら、貴女はもう、見捨てて行くことはできなくなる。

貴女は水を飼う気になる。水は、もっとも心地よい住処《すみか》を貴女に求める。それは、貴女の胎内にほかならない。すくい取り、口にふくむ。

凡庸な水であれば、なにごともない。排泄されるだけである。しかし、卵生である場合、水は貴女を卵化することにいそしみはじめる。

内部から貴女は次第に変質し、石化する。水の母胎となるのは、飼い主の宿命であって、貴女がよい資質をもっていれば、醜い外皮の内に瑪瑙の層を持ち、水晶を孕《はら》む空洞となることができる。資質が水と合致しなければ、腐敗する。

外側の醜さに惑わされず、貴女の本質を見抜いた業者は、貴女を拾い上げ、二つに断裁する。磨きをかけ、高価な値札がつけられる。

内部をみたしていた水は、一顧もあたえられず、投げ捨てられる。

こころやさしい飼い主は、貴女の後にもまたあらわれるであろうから、水は不安は持たないのである。私もそのようにして石化し、瑪瑙の層の内側に紫水晶を生やした空洞となった。水は私の内部に安住した。私が愛した水が卵生種であったこと、そして私のよい資質をもっていたことは、凡庸な私の生に光輝をあたえてくれたというべきだろう。腐敗はまぬがれた。だが、業者にみつかり、私は切断されてしまった。水は捨てられた。私はいまだに買われず、土産物屋の棚にさらされているが、水は私から貴女、そしてまた別の飼い主を誘惑している。まったく、あの子の目の可愛《かわい》らしいことといったら……。

†

泣いて涙はどこへゆく。砂漠をわたる舟に積む。女の皮を帆にはって、胎児の群れが海をめざす。

こま

餓えた風は街の表皮を削り、壁の亀裂《きれつ》に血の雫《しずく》がにじんだ。はためく絵看板が目の前の路上に落ちた。ペンキ絵の弟は、ひとさし指をわたしにむけ、その指はゆっくりと、右を指した。

指の示す先に、地下への入口があった。螺旋《らせん》階段を下りた。闇の奥の映写幕に仄白《ほのじろ》い光が流れる。濡れたコートを脱いであいている前の座席の背にかけ、固い椅子に腰を下ろすと、草のざわめきが膚を撫でた。弔意の色のワンピースの濡れた裾《すそ》には、線香のにおいがしみついている。読経の声が耳の底にある。黒いリボンで飾られた弟は、バイクを走らせるときにいつも着ていた革のジャンパーを羽織り、陽《ひ》の光を額にうける。背広の写真は、眉間に皺《しわ》を寄せたものばかりなので、革ジャンのを使うように、わたしは両親に頼んだのだった。

陽の光が地平の下にかくれてから、夏の夜の校庭に茣蓙《ござ》が敷かれ、映写幕に、闇の世界の光が投げられたとき、わたしは小学校の三年で、学齢前の弟はわたしの左隣にいた。右隣の人がなれなれしく飴をくれた。昼とはちがう顔なのですぐにはわからなかったのだが、担任の女教師だった。わたしの弟と同じぐらいの年の息子をつれていた。女教師の夫もいっしょにいた。女教師の夫は大学生のようにみえる若い男で、こめかみの生え際に白髪のまじる猫背の女教師は、夫の母親みたいだった。女教師の夫は売れない画家で、自宅で子供相手の絵画教室を開いており、わたしは母に厳命され土曜日の放課後ごとに習いに行かされていた。花瓶とレモンを写生させられるわたしの後ろに女教師の夫は立ち、吸盤のあるような手をわたしの肩にかけ、少し抱き寄せて画用紙をのぞきこみ、息がしじゅうわたしの首筋にふれた。

　映画館の椅子に腰掛けたわたしの、喪の色のワンピースの裾はいつまでも執拗に水滴を垂らし、足元に水たまりができ、校庭の茣蓙に座るわたしの頬に雨の雫があたり、映写幕に弟の顔が大写しになる。白い菊の花首が顔の周りを埋めていく。死ぬと躰も顔も大きくなり、威厳を持つ。あんたが死んでいる、と弟に教えるが、学齢前の弟は、三十に近い自分の顔はわからない。隣で、女教師が息子に、あんたが死んでいる、と嬉《うれ》しそうに言う。息子は女教師の連れ子で、若い夫とのあいだには子供はいない。でも、子供が三十になるころは、女教師は老いさらばえて、死んでいるだろう。八歳のわたしはそう思い、映写幕に映し出されている死に顔は弟のものだと思う。退屈した弟は、半ズボンのポケットから独楽《こま》をだし、茣蓙の上におき、心棒を指でつまんでひねる。独楽はたあいなく横たおしになる。女教師の息子がわたしをはさんで反対側から手を伸ばし、独楽を奪おうとする。弟は独楽を手のなかに握る。女教師の息子の躰が、茣蓙に足をのばしたわたしの腿にのり、わたしは鳥肌がたつ。女教師は薄笑いをうかべて見ている。女教師の夫が子供を叱る。泣き声を出したので、女教師は子供の口に飴をおしこむ。子供は飴をしゃぶりながら泣く。女教師はわたしに、弟の独楽を子供に貸すように、媚《こ》びた声で言う。

　足元に水たまりができた映画館の映写幕に、校庭で映画を見るわたしたちが映っている。

　弟は独楽をきつく握りしめる。わたしは弟の拳をこじあける。

　校庭で見る映写幕には、弟の葬式が映っている。白菊の花首がふえる。僧侶の姿はすでにないのに、読経はいつまでもつづく。ビルの屋上から飛び下りたのだが、顔は傷がない。墜死の知らせを受けたとき、わたしは、顔を見るのが怖かった。肉と骨の区別がつかないほどになっているだろうと思ったのだったが。

弟の手からとりあげた独楽の心棒の尖った先端を、わたしは女教師の子供の眼に突き刺す。力をこめてねじ込む。

暗い客席に、弟が座っているのを、わたしは映写幕から見る。子供の眼球の突き刺さった独楽を、弟に投げる。

校庭の濡れた莫蓙に座ったわたしは、ゆるやかに弧をえがいて飛んできた独楽が、映写幕にうつる弟の死顔の眼に突き刺さるのを見る。独楽は、眼窩に咲いた花のようだ。

映写幕からわたしが投げた独楽を受け取り、眼球を抜き取って口にいれ、飴のようにしゃぶりながら、革のジャンパーを羽織った弟は、わたしに微笑を返す。

創世記

神を父とし

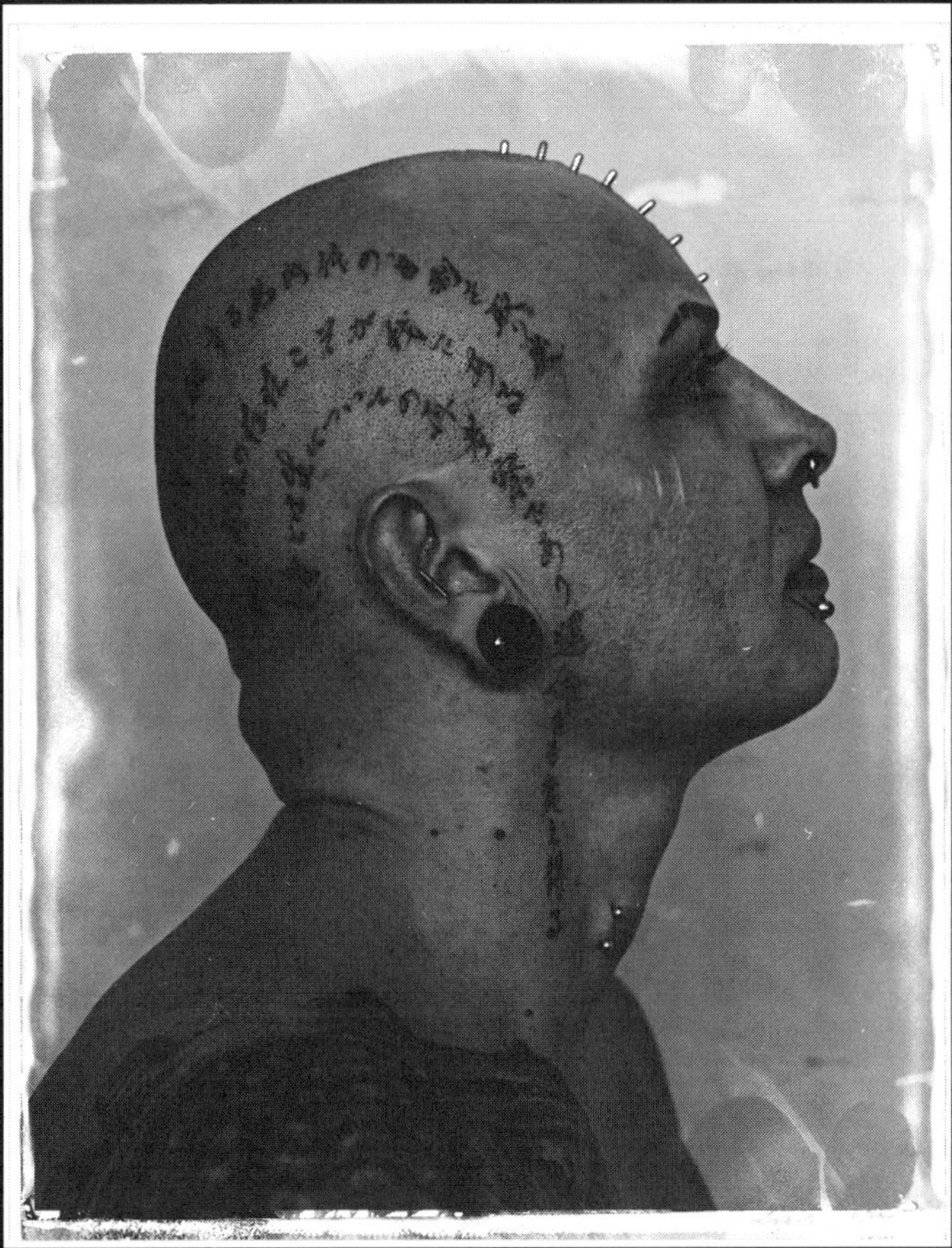

人を母とし

写真
谷 敦志

蜜猫

部屋が増殖するのは、ある条件がととのったときなのだと、私は気づいた。

長い虚ろな冬のあいだ、家は静かだった。増殖の気配などちらりとも見せず、無愛想に押し黙っていた。

季節の動きが、家にどういう影響を及ぼすのか、私は春になってもまだ知らなかった。幾分の不穏なものを感じただろうか。木の芽時が人を狂わせるというのは、昔から言われているらしいが、父が狂っているのは季節にかかわらなかった。父は時間の密度を変えようと苦心していた。

父は考えていた。時間は空間と同じように、一定の密度をもっている。ある部分の密度を濃くすれば、他の部分は希薄になる。引き延ばされた真綿のように薄くなり、穴さえ開くだろう。そこに、父は自分だけの時間を押し込むつもりなのであった。

父に言わせれば、彼の時間は、はみだして、行き場がないのだった。宙吊りになった時間は、彼自身をも宙吊りにし、それは、何にくらべることもできないほど苦しく辛いのだという。

密度を変えることを思いつくまでに、父は試行錯誤を繰り返していた。ポケットをつけたらどうだ、とつぶやきながら、その設計図をスケッチブックに描いたこともある。

他の方法は、くだらないのばかりで、私はただ呆れるだけだったが、ポケットというのは、狂人ながら理に適っていると思った。ポケットは余分な出っ張りであり、平面が拒否する物を寛大に受け入れる。父の時間は、通常の時間から拒否されている。ポケットのない外套《がいとう》は不便だ。

設計図というのは大げさすぎるだろう。たかが、ポケットだ。裁断図といえばいいか。母の遺品である婦人雑誌はたいそう実用的で、料理の作り方と洋服の縮尺した型紙がかならず載っていた。その型紙を裁断図と言っていたと思う。

裁断図は私には不要だが、料理の作り方のページのほうは、いくらか助けになった。母は私にろくに料理を教えないまま死んだ。

私が好きなのは苺《いちご》ジャムの作り方で、何度も繰り返して読んだ。読むだけで、もちろん作りはしない。苺と砂糖を入れた鍋を何時間もかき回すのは、時間の浪費である。この時間は、通常の時間であって、はみ出してはいない。父の好物は莨《たばこ》であり、私の好物はタバスコである。しかし、文字で読むと、琺瑯《ほうろう》の鍋で煮詰められつつある苺というのは、鯖《さば》のあら煮とかキャベツ入りメンチカツとかスポンジケーキとかより、はるかに美味《うま》そうであり、視覚的にも魅力があった。透明化してゆく過程にある苺は、溶けかかる真紅の鋼玉のようであるにちがいない。完成された市販の瓶詰ジャムには、私はいっこうに魅力をおぼえない。

密度という問題を思いついた父は、スケッチブックに、さらに、緊縛された女を描いた。肉の密度ということに関して、父には、大きな誤解があるようだった。

女は裸体《らたい》で、複雑な形に縛られており、固く縛った縄と縄のあいだの部分は肉が膨らんでいる。

〈ココ、肉ノ密度濃シ〉と余白に記した文字からいく筋も線がのび、その先端は矢印で、上膊部《じようはく》と肘《ひじ》のあいだとか、肋骨の下部と骨盤のあいだとか、肉の膨れた部分をさしていた。

その図を描きあげたとき、父はすばらしく昂揚していた。霊感によって真理に到達した、と人さし指を煤《すす》けた天井に向ける父を落胆させるには忍びなかったが、だからといって、虚妄を認めるわけにはいかず、緊縛して膨れた部分の肉は、むしろ、密度は薄くなる、と私は指摘した。膨らませたゴム風船を思い描くといい。膨らむほど、風船の密度は薄くなる。

お前が言うのは、皮膚の問題だ、と父は言い返した。膨張すれば、皮膚の密度は薄くなる。しかし、肉は……と言いかけて、父は口を噤《つぐ》んだ。自分の論理に自信がもてなくなったのだ。

私はさらに、父を諭した。緊縛によって密度が濃くなるのは、血液である。静脈注射を考えれば納得がいくと思う、と言いかけて、私も自信がなくなった。上膊部を緊縛すれば静脈は怒張するが、それによって血液の濃度は増すだろうか。溜めたら濃くなるような気がするのだが。

私の語気は弱くなったのだが、それにつけこんで言い募る気迫を父は失っていた。

父は絵を描くのを好んでいたが、私の目から見ると拙劣で、米俵に蓮根を突き刺したような形態が緊縛女体であると理解するまでに、すでにずいぶん時間がかかり、そのことも、父を落胆させたのかもしれない。

昂揚した気分が萎《しぼ》むと、躰《からだ》も萎《しぼ》んで、父の皮膚は濃度が密になったと思う。

ともあれ、父が望んでいたのは、濃密さではなく、希薄さであったことを、私は思い返さねばならない。

ある部分の密度を濃くすれば、他の部分が希薄になる。

父にとって重要なのは、その点なのだ。しかし、父自身も、しばしば混乱していたのではあるまいか。緊縛女体など、その適例である。父の仮説を受入れ、緊縛により肉の密度が増すとしよう。その場合、希薄になるのは、どの部分なのか。そこをこそ、矢印で示すべきなのに、濃くなる（と父が思う）部分ばかりを矢は示していた。はみだして宙づりになった父の時間を押し込む余地は、女体のどこにもなかった。

どこから迷い込んだのか薄汚い猫が家に居ついたのと、父が死んだのと、どちらが先だったか、忘れてしまった。どのみち、記憶なんて、自分に都合のよいように創られるものだし、猫と父とどっちが先だったかは、私の都合のよしあしと全く関係ないので、忘れたのだろう。

連続する時間が、父には聳《そび》え立つ城壁のように感じられ、積み上げられた石の間に錐《きり》の先をこじ入れて隙間をつくろうとしていたら、壁が崩れ落ちて、圧死した。うつぶせになった父の背の上に、猫は香箱をつくっていた。

ゆえに、猫の出現と父の死は、前後するのではなく、同時であったとみていい。

それが、たぶん、息苦しい春のことだったと思う。

つまり、父の努力はいくらかの実を結んだのだ。猫は城壁の上におり、父の努力に猫の重みが加わって、城壁は崩壊したとみるべきであろう。

猫はそのまま、居ついた。薄汚ないと思っていたが、私が洗ってやるわけでもないのに、毛に艶《つや》が増してきた。

青光りのする毛並みのなかで、猫は威厳と憂愁《ゆうしゅう》の塊になっていた。

私は母の遺品である婦人雑誌の苺ジャムの作り方を読みながら鯖のあら煮を食べ、煮汁をかけた飯を猫に与えた。

夏。熱をはらんだ夜が発酵していた。ぎしぎしと家が呻くのを、私は聴いた。猫は私より先に聞きつけていたと思う。内側に毛細血管が網目をつくる耳をしきりにたてていたのは、そのためだ。

部屋が増殖を始めたのは、夜に締めつけられる苦痛のあまりか。恐怖からか。抵抗か。

この点でも、私は、ゴム風船を例にひきたい。風船――父の言葉で言えば皮膚――の密度が均一でないとき、弱い部分が、瘤《こぶ》のように突出して膨らむではないか。なおも空気を吹き込めば、さらに、脆弱《ぜいじゃく》な部分が膨らむのではないか。皮膚の均質な、脆弱な部分をもたない風船は、臨界を越えると大爆発する。

逆に、内部にエネルギーが充満して、その捌《は》け口として領土を拡大するという考え方もある。帝国主義である。植民地拡大政策である。

しかし、私の――あるいは私と猫の――棲む家は、どうもそれほど活気みなぎっているとは思えないのである。

家は亡父に影響されているのであるし、父はみだした時間とともに宙吊りになった自分をどうすることもできなかった弱虫であった。服毒、水死、動脈切断、どれも、ぶつぶつ呟くだけで実行できず、観念的な宙吊り状態を具象化させる縊死《いし》でさえ、試みようともしなかった。

外圧に対し、抵抗して愛国主義を高める者と、逃避の場所を求める者がある。危機迫るや、要領のいい者は、平和主義を標榜《ひょうぼう》しつつ、降伏ないしは逃亡する。

家は、逃避の手段として部屋を増殖させたのか。自覚した逃避ではなく、自然な生理現象なのか。

熱帯夜はつづき、泡立つように部屋は増えていき、私は家の内部にあって道に迷うようになり、猫は行方不明になり、私は放浪し、あたかも私の放浪にあわせるかのごとく、小さく、か弱く、薄くなりながら部屋は増え、疲れ果てた私が倒れこんだ窮極の部屋は、甘いにおいに満ちていた。ぎっしり詰まった無数の、紅い透明な猫の群れが、私を迎えた。

月蝕領彷徨

兄よ今宵無月《むげつ》の庭を
蹌踉《たづたづ》と歩み進むは
いましのかげ乎《か》
はた我が影乎
影より影へ
口づけも
抱擁も
なく
血
の雫《しずく》
跡のみ
著《しる》く蛇《くちなわ》の
悶《もだ》ゆる如し
死していまだ
死なざる吾《あ》が背
暁《あけ》近しいざ諸共《もろとも》に
永遠《とことわ》の愛のちぎりを

唇
閉じ
まなこ
ふたぎて
耳すませよ
やよ吾妹子《わぎもこ》よ
汝《なれ》が項《うなじ》に戦《そよ》ぐ風
そは我がくちづけ
血は苦《にが》し在《あ》るは苦《くる》し
無きを恋うるは我
他人《ひと》を疎むは我
曙の光を抱《いだ》き
塵《あくた》と化すは
我のみぞ
去《い》ねや
吾妹
子

穴

穴の底にあるのは穴の底にあるのは穴の底にあるのは穴の底にあるのは穴の底にあるのは穴の底にあるのは穴の底にあるのは

るのは穴の底にいるのは私

夕陽が沈む

新聞を読もうと広げたら、またも活字が滑り落ちて紙面が白くなった。活字たちは列をなして床を進み、出窓に置いた水槽をめざして這《は》い上りつつあった。

浅瀬で二枚貝を拾ったのは数日前のことだ。薄い桜色だが、桜貝にしては頑丈《がんじょう》だし手のひら大だ。珍しいので持ち帰り、熱帯魚と指たちを飼っている水槽に入れた。くつろいだのか口を開いたのだが、間からのびたのが貝の舌ではなく指だった。

無理にこじ開けたら重傷を負うか悪くすれば死ぬだろうから、中身が指だけなのか腕まであるのか、もしくは全身揃《そろ》っているのか、見きわめようもない。活字好きだからたぶん眼を持っているのだと思う。それとも、活字の触覚を楽しんでいるのだろうか。

すでに三本飼っているが、どの指も、これまで活字を欲しがったりはしなかった。

命を大切にとか、どんなことがあっても死んではいけないとか、他を殺してはいけないとか、金科玉条《きんかぎょくじょう》としてとなえられるようになったのはいつごろからか。

何事にまれ、評価の基準は〈命がいかに大切か〉をテーマにしているか否かである。

生まれたときから無謬《むびゅう》の大義として、学校教育のみならず、あらゆるメディアを通じてそう教え込まれ続けているからだろう、おかげで、脳のみならず四肢の端々《はしばし》までが、何が何でも生き延びるのが正しい、と狂信するようになった……らしい。

〈生きよ〉と〈殺すなかれ〉の矛盾に言及する識者はおらず、切断した指を適当な環境のもとに飼育すると、生きねばならぬという強迫観念に突き動かされ変化する、という研究成果が発表され、水中で飼うのがもっとも成功率が高い――魚という手本があるので、指も模倣しやすいからであろう――とされるや、指の水槽飼育が爆発的に流行し始めた。

需要があれば供給も盛んになる。かつて、売血が貧しい学生の暮らしを助けた時期もあった。

指は新鮮なものが好ましい。水中で魚を見ならい変化していく過程を観察するのが飼育者の楽しみなので、すでに変化を遂げたものは飼ってもつまらないし、古いのに変化していないものは、先行き変わる見込みがない。変化しないまま小売店の水槽で腐爛《ふらん》する指は、持ち主の生命希求欲が弱かったのだろうと推測されている。

いずれ飽きて、誰も振り向かなくなる可能性もあったのだが、政府が禁令を出すという噂がひろがり、小売りの値段が急騰した。

禁令が発布されたら、指一本に同量の金に等しい値がつき、飼育はブルジョアジーの秘《ひそ》かな愉《たの》しみとなり、発覚すれば厳しい刑を科せられることになるだろう。飼い主たちは現在すでに、人権保護団体だの市民団体だのから、人間の尊厳を侵す極悪人と批難を受けている。しかし、この件はそもそも人命尊重から出発しているので、それら反対者は矛盾を抱えこんだ状態だ。彼らは政府のやることなら何でも反対するのを使命としているから、禁令が出たら出たで、個人の自由意志を認めない政令反対のデモ行進をやるのだろう。

目下飼育している四本のうち、一本は完全に変化を果たした。一緒に入れてある熱帯魚とまぎらわしい外形になって泳いでいる。

呼び鈴が鳴った。訪ねてきたのは、川一つ越えた低地に住む動脈と静脈だ。本名は文子《あやこ》というのだが、彼女はあるとき、躰《からだ》が二つに割れてしまった。精神的に強い衝撃を受けたり、放心状態にあるときなど、誰にでもしばしば生じる現象で、私も数度経験している。片割れ同士がただちにひしと密着すればいいだけのことで、融合し元に戻る。ときたま、それを怠る者がいる。手遅れになり死ぬのが大半だが、命を大切にしましょう、どんなことがあっても死んではいけません、の刷り込み力によって、再生を果たす者もいる。割れた両方が再生すると、同じ個体が二つになる。文子もそうだ。一つの名前を共有しているが、私は動脈・静脈と呼んで区別している。

上下関係はないのだが、動脈は陽、静脈は陰、動脈のほうが主で静脈は従という印象がないでもない。上り列車と下り列車のようなものだ。割れたとき右半分だった方を動脈と名付けたのは、右利きの私としては自然な発想だった。実際、行動に当たって、動脈の方がほんのわずかではあるが主導権を持っているように見える。しかし、割れたとき心臓は左半分にあったのだから、本来は左半分を上位におき、動脈と呼ぶべきなのかも知れない。とはいえ、心臓を自力で作り出した右半分の〈命を大切にしましょう〉力は、左を凌駕《りょうが》しているともいえる。やはり、右上位でいいだろう。

「お兄様が亡くなられたとうかがいましたが」

声を揃えて言った。丁寧な言葉の裏に、すぐに知らせなかったのを非難する意図がこもっている。

「お約束通り、いただけますでしょうか」

「用意してあります。どうぞお上がりください」

運べますか？　と訊《き》いたら、リヤカーを持って参りましたと声を揃えた。「巡業に使っている車でございます」

居間を通り抜けながら水槽に目をやり、「新しいのが増えましたね」と言った。「貝にもぐっているんですね」

新聞の活字はすでに吸収されつくしたようだが、書棚の蔵書の下から活字の黒い筋がのび、水槽に向かって行進していた。

兄の寝室に通した。

「これでお役に立ちますか」

「たいそう立派ですわ。ありがとうございます」

「腐敗の原因になる内臓は完全に除去しましたし、残余の部分の防腐処理も、自分では完璧な出来だと思っています」自讃した。「完成してからお知らせしようと。ご連絡が後《おく》れたことをお詫びします」

不服顔への皮肉が、通じなかった。

「お美しいですわ、お兄様」そう言って、動脈と静脈は頰を赤らめた。

切り開いて防腐処理をした腹は蠟色《ろういろ》で仄紅《ほのあか》く、阿古屋貝《あこやがい》の内側みたいだ。躰全体も蠟細工の色をしていた。

運ぶ二人に手を貸し、居間を通り抜けるとき、「お兄様をいただいた上に、たいそうあつかましいのですが」と、上目遣いした。「指を飼いたいと思いながら買いそびれているうちに、あの禁令がでるとかなんとかで、とほうもなくお高くなってしまって……」

「欲しいんですか」先読みして訊《たず》ねると、恥ずかしそうに身悶《みもだ》えした。

空き壜《びん》に水を入れ、貝の奴を掬《すく》って入れた。貝はうろたえたように口を閉じた。

「どうぞ、お持ちください」

「あら、よろしいんですの?」欲しがったくせに、一応遠慮してみせている。

「どうぞ。海辺で拾ったんですから只《ただ》です」

「不思議ですわね、捨てる人がいるなんて。高く売れますのに。貝の中にいるのは初めて見ました。自分から入ったんでしょうか。それとも捨てた人がわざわざ貝の中に」

「さあ、わかりませんね」

毎朝新聞の活字を獲られるのにうんざりしていた。生きよ、殺すな、のスローガンにもいいかげんうんざりしているが、そうかといって路傍に捨てるのは、生後間もない、まだ目も開かない子猫を捨てるぐらいの痛みがある。ちょうどいい厄介払いだ。

兄の開いた腹の中に指貝をおさめた壜をおき、リヤカーまで三人で運んだ。

リヤカーの荷台には、小花模様の薄い蒲団《ふとん》が敷いてあった。

「どういうふうにおきますか」

「右を下に」

寝釈迦《ねしやか》みたいに横たえた。

二人は蒲団の下から水色と赤の斜め縞《じま》の幟《のぼり》を出し、荷台の端《はし》に立てた。操り人形大一座と墨書してあった。

兄は生前から文子と親交があった。と言っても兄は恋愛感情は持たず、近所の幼なじみというだけだったが、文子の方では、ああお兄様！　の状態であったらしい。文子が二つに割れたのも、兄が死期の定まった悪性の疾病に侵されたと知りうろたえ逆上したためだ。茫然となって、とっさに密着するのを忘れた。結果が、動脈と静脈だ。

文子の父親はリヤカーに小さい舞台をのせ、路地から路地を曳《ひ》いてまわり、操り人形の芝居を見せながら飴を売って稼いでいた。紙芝居よりは人気があったが、同業者も多く苦戦していた。父親は去年物故した。文子が跡を継いだのだが、なかなかうまくいかなかった。兄は、二つに割れた文子に、死後は自分の躰を舞台に提供すると約した。舞台構造が珍しければ、他の同業者を話題性で引き離せるだろうと、兄は目論《もくろ》んだのだ。私が大学病院で蛋白質《たんぱくしつ》の防腐処理に関する研究をしていたから思いついたのだろう。人情話に毒された感があるが、私は承知した。兄は、死ぬな、殺すな、生き延びよのスローガンに蝕《むしば》まれていなかったから、あっさり死んだのだった。

動脈と静脈は、新しい舞台のととのったリヤカーを曳き、会釈して去った。色褪《いろあ》せた幟《や》の破れ目から青い空のかけらがのぞいた。

朝、落ち着いて新聞を読めるようになった。

何日経《た》ったか。動脈と静脈の死が報じられている記事を目にした。四齣《こま》漫画などを載せた社会面の、隅の方の小さい欄だった。奇妙な死に方としか記されていなかった。大手の新聞は、煽情《せんじょう》的な記事は控える。ゴシップ専門の夕刊紙には、かなり大きく扱われていた。舞台に使っていた、腹の部分を空洞にした人体が、開いた腹を閉ざし、あたかも巨大な二枚貝が二人の頭部をくわえ込んで断ち切ったような状態であったと記されていた。

書棚の私の蔵書の多くは医学関係の書だ。指貝を二人に与えてから気づいたのだが、何冊かの本はページが白くなっていた。私が知らぬ間に、あいつは医学書の活字を奪い、賢くなっていたのだ。

あいつは最初、どんな奴の手に生えていたのだろう。

いくらでも想像はできるが、徒労なので、考えるのを止《や》め、水槽の熱帯魚に餌をやった。変化し終えている指は、熱帯魚を真似て口らしい部分を動かした。後の二本は、まだ餌を食べるにいたっていない。自分の小指に剃刀《かみそり》を当ててみた。手首は、切り落とされたらどういう変化を見せるだろうと思った。私は兄と同様、蝕まれていないから、手首は何ものにも変化せず、腐るだけだろう。

水槽に手を入れた。魚化した指につつかれた。窓ガラス越しに射し込む夕陽がぎんぎんと水を染めた。

墓標

被衣《かずき》の陰に黄昏《たそがれ》を
包みて秘《ひそ》と佇《たたず》むは
たそや逢魔《おうま》の禍影《まがつかげ》

逝きて還《かえ》らぬ妹《いもうと》よ
血を吐く如く杜鵑《ほととぎす》
手向《たむ》けは夜の一雫《ひとしずく》

探しあぐねて夕かげ木陰いつか
いのちの片しぐれ時雨《しぐれ》て夜半《よわ》の
さむしろに衣《ころも》かたしき独り寝や

妹《いも》が奥津城《おくつき》小夜更《さよふ》けて流離《さすら》うは
ただ我のみか叫べ夜鳥《よどり》よ声限り
胸裂ける程還れ還れ還れ還れ吾妹子《わぎもこ》

夢は睡りの
さまたげに
妄執いまだ
さめやらぬ兄《あに》よ呼ばわることなかれ深き睡りは死の友なれば
うつそみ朽ちて何惜しかろう血肉失せてこそやすらぎはあれ
夜鳥の歌よ死の翼たれ柩《ひつぎ》の蓋《ふた》をな開けそ吾《あ》が兄《せ》くちづけ給う
そは空蟬《うつせみ》ぞ
死にまさる
悦《よろこ》びは無し

開け放した窓から流れ込む霧にむけて、シャボン玉を吹いた。

死んだ小鳥の眼のような小さい玉は、麦藁のストローの先端で少しふくらみ、すぐにはじけ、消えた。

「だめ？」少年と肩を並べた女の子は、落胆をあらわにした。

夏祭りの宵宮《よいみや》の夜店で少年が買ったシャボン玉の液は、次の日、磯浜で吹いたら、たいそう大きくふくらんだのだった。虹色の薄い皮膜は、彼の息で充たされた空洞を丸く包み、沖のほうに漂っていった。たてつづけに吹いたので、石鹸液を入れた空き缶は、たちまち空になってしまったのだった。

あのときの虹色を女の子に見せてやりたくて、母に頼んで粉石鹸を少しもらい、水に溶いたのだけれど、ちっともふくらまない。

厚い布を幾重にも重ねて垂らしたように霧は視界を隠し、窓縁まで押し寄せてくる。

シャボン玉飛んだ、屋根まで飛んだ、と女の子は小さい声で歌った。屋根まで飛んで、こわれて消えた。

女の子は毛糸の帽子を耳が隠れるほど深く被り、三つ編みのお下げを両側に長く垂らしていた。

帽子は淡いピンクで、縁に黒い縞《しま》が一筋編み込んであった。女の子が頭を動かすと、帽子に隠れた陰、耳たぶのあたりに、小さい星でも隠しているみたいに、キラッとなにかが光る。夏物の木綿《めん》《も》のワンピースの上に着た、帽子とおそろいの色のカーディガンは、袖口が汚れていた。

風、風、吹くな、と声に出さず彼も歌い、「母ちゃん」と呼んだ。もっと粉石鹼おくれ、と言おうとしたのだが、母親が、カウンター越しに客と話し込んでいるのを見て、やめた。

女の子を連れて入ってきた客だ。たぶん親子なのだろうと彼は思ったのだった。

なじみのない客がいるときは、彼は店で遊ぶのを母親に禁じられている。常連なら、子供好きとそうでないのはわかっているが、ふりの客は判断がつかない。子供好きは少ないよ、と母親は言う。猫好きのほうが多いくらいだよ。母が飼っている烏猫は、新顔の客でも猫嫌いを見分け、のっそり立ってカウンターから飛び下り、珠簾《たますだれ》の奥に姿を消す。流しとプロパンガスのコンロを備えた台所が続いている。

今、黒猫はカウンターの隅で香箱を作ったままだ。

『かもめ食堂』と、港町にはありふれた名前の看板を出した店の引き違い戸を開けて女の子を連れた客が入ってきたとき、彼はテレビの映りが悪くてがっかりしているところだった。母親は古いセーターをほどきながら、玉にして巻き取っていた。傷んだ部分は切り取って、端《はし》をつなぎ合わせる。

窓と反対側の壁の隅に吊った三角棚に、ずんぐりした小型のテレビが恭しく乗せてある。神棚みたいだ。去年の暮れ、母親が大決心して買った。客の入りをよくするためだ。年々新しい型がでているらしいが、母親が手に入れたのは、中古品だった。月賦の払いが嵩《かさ》むので、彼は小遣いを減らされてしまった。ときたま、画面の隅に〈カラー〉という表示が入ることがある。カラー番組を放映しているのだが、それを見るためには、カラーテレビを備えなければならない。とんでもない値段だという。都会の、よほど金持ちでなくては買えない。海沿いの彼が住む町では、ようやく何軒かがモノクロのテレビを置くようになったところだ。屋外アンテナは潮風ですぐに錆《さ》びるので、室内アンテナをテレビの上にのせてある。映り具合はよくない。

デコラ張りのテーブルが三卓あるのだが、不精髯が顎《あご》の輪郭を黒ずませた男は、カウンターの前のスツールに座を占め、旅行鞄《かばん》を足下に置いて女の子を抱き上げ、隣のスツールにとんと座らせてから、オレンジジュースと水割りを注文したのだった。

母親がちょっと驚いた顔をしたのは、酒を飲み始めるには早すぎる時間だったからだ。夕方の食事時にもまだ間がある。『かもめ食堂』はがら空きだった。

母親は、ほどきかけのセーターと毛糸の玉を籐籠におさめて烏猫のそばに押しやり、缶入りの粉末ジュースを匙《さじ》でコップにすくい入れた。ビール会社のマークが記された無骨なコップだ。店にあるコップはどれも、仕入れの酒屋からもらうサービス品だ。

青いラベルを貼った魔法瓶の冷水をコップに注いだ。二つ並んだ魔法瓶の、赤いラベルのほうは熱湯用だ。

それから、男のためにサントリーの角瓶で水割りをつくった。

一口二口飲んで、女の子は露骨に顔をしかめ、コップを押しやった。くちびるが、オレンジ色に染まった。

女の子は棚の上のテレビに目を投げたが、ざらついた音とともに砂色の走査線が画面に流れているばかりだ。ごめんね、今、調子が悪くて映らないの。母親は言い、背伸びしてスイッチを消した。女の子はつまらなそうにうつむいて、カウンターの上に額をのせた。母親がむけた視線の意味を、少年はすぐに読み取った、遊んでやりな。

男が床に抱き下ろすと、女の子は、期待に充ちた目で、少年の動作を熱心にみつめた。二度目の試み。慎重に息を吹き込むにつれて、皮膜は丸くふくらむ。もっと大きく。割れた。

「それ、いいね」男の声が少年の耳に届いた。

「どれ」母親が怪訝そうに問い返す。

少年は振り向いた。

「割烹着《かっぽうぎ》」

セルの単衣《ひとえ》の袂《たもと》をたくしこんだ割烹着の袖を、男は指した。

「このごろ、あまり見かけなくなった」

「このあたりじゃ、みんな着ていますよ」そう言って母親は、襟元《えりもと》に手をやった。

少年は、母親をお洒落だと思っている。うなじにひっつめた小さな髷《まげ》に黒いネットをかぶせているのだが、ネットにちりばめられた黒ビーズが、少年の目にはたいそうお洒落と映るのだ。何度も仕立て直したセルの襟の折り山が擦《す》りきれているのは、少年の目には入らない。

男の視線を母親は追い、

「所帯じみてるわね」うろたえたふうに、籐籠をカウンターの陰にかくした。

「お袋も昔、よくやっていた。妹に手伝わせて」

なつかしいよ、と男は言ったが、感傷的になったのがくすぐったかったのか、苦笑がまじった。

「子供がどんどん大きくなるので、毎年、編み直しなんですよ。他の糸と混ぜて」

母親がそう言うと、男は「そうだなあ」と、吐息のような声で応じた。

「子供はすぐに大きくなる。そうだ。すぐに大きくなる」独り言のように続けた。「すぐだ。もう、すぐだ」

少年も時々手伝わされている。ほどいて湯気に当てふっくらさせた毛糸は、乾かすために、大きい輪にしなくてはならない。それをもう一度玉にまくとき、彼の両手がかせの代わりに使われる。

少年は三度目のシャボン玉に挑戦した。直径二センチぐらいになったところで、割れた。

女の子が小さいため息をついた。

「霧のおかげで、晴れるまで足止めだ」

「連絡船？」

「ああ」

「猫の渡りが終わるまでは、連絡船も欠航よ」

「海猫って渡り鳥だったっけ」

「鳥じゃなくて、猫」

「霧は、海峡を泳ぎ渡る猫の吐息か」

「この季節は、ほとんど毎日霧よ」

「猫が渡るから霧になるのか、霧が猫に渡りの時だと知らせるのか」

「どっちかしらね」

このあたりの猫は翼をもっているから、と母親が言うと、男は「巨大な翼が必要だな」とカウンターの上にうずくまる烏猫を指した。

「猫は翼のない鳥」ふと浮かんだ言葉を、少年は口にした。

「詩人だな」男が言った。

少年はふくれ顔になり、鳥は翼のある猫と続いて思い浮かんだ言葉を飲み込んだ。おざなりのお愛想を言う大人は好きじゃない。

お愛想を、男は母親に向けた。

「こういう商売をやっているにしては、荒《すさ》んだ雰囲気がないね」

「そうですか」

「いいご亭主に恵まれているんだな」

「死なれましたよ。もう一つ、作りますか」

男のコップはほとんど空になり、底に二つ三つ、氷片が溶け残っていた。

「冷えてきたな」

「霧のせいね。窓、閉めましょうか」

「いや、いいよ」

「お嬢ちゃん、寒くないかしら」

「寒さには強いんだ。暑いのがこたえる方だ。蒸し暑いとすぐぐったりする。体質が母親ゆずりだ」

女の子は何も言わなかった。

「焼酎、あるかな」

「お湯割り？」

「ああ。地元の何かいいのある？」

「特産って、別にないんですよ。ありあわせでいいですか」

「商売下手だね。ありあわせなんて言っちゃいけない」

母親はカウンターの下から一升瓶を取り出し、新しいコップに注いだ。男が手を出して、重い瓶の底をささえてやった。

コップの半分ほどまで注いでから、赤いラベルを貼った魔法瓶の注ぎ口の下に持っていって蓋《ふた》を押した。

「あら、切れていた。沸かすから、ちょっと待ってください」

台所に立った。珠簾《たますだれ》の数珠《じゅず》玉《だま》がぶつかりあって小さい音を立てた。

彼も後についていって、「粉石鹸」と、空き缶を突き出した。

「そこにあるだろ。自分でいれな」母親は薬罐に水を入れ、コンロにかけた。

「すぐに沸きますって、お客さんに言って」

女の子のそばに戻って、少年は四度目を試みた。

石鹸を濃くしたのに、ほんの少しふくらんだだけで、麦藁から離れる前に、割れた。

シャボン玉消えた、と女の子は小さい声で歌った。飛ばずに消えた。生まれてすぐに、こわれて消えた。

「止《や》めなさい」男が振り向いて、低いが厳しい声を投げた。「そんな歌は、歌うんじゃない」

女の子がきゅっと唇を引き締めるのを、少年は見た。すばらしく大きいシャボン玉を飛ばせたら、女の子は笑顔になるだろう。そう思うのだが、焦るとかえってうまくいかない。夜店で買ったのを海辺で吹いたときは、あんなに大きくふくらんだのに。女の子が歌った歌詞を、彼は初めて聞いた。彼が知っているのは、屋根まで飛んでこわれる一番だけだった。

涙がにじみそうになるのを、女の子はこらえている。

もしかしたら、シャボン玉は海の風が好きなのかも知れないと彼は思った。

「浜に行こうか」誘うと、女の子は素早く男の顔色をうかがった。

「こっちにおいで」男の声は、機嫌を取るように柔らかくなった。

「このお兄ちゃんに、ブラック・アートをみせてあげよう」

女の子を膝に抱き上げて、男は少年に言った。

「おじさんは目をつぶっているから、二人で、なにか一つ、物を決めてごらん。おじさんが当ててみせる」

男はポケットから大型のハンカチを出して、目隠ししろと少年に渡し、女の子を膝からおろした。

少年は男の後ろに立ち、背伸びしてハンカチを男の目から後頭部にまわし、強く引き絞って結んだ。

男の鼻梁は高いので、下に隙間ができるような気がした。

男の顔が珠簾のほうを向いているのを確かめてから、少年は三角棚のテレビを女の子に指し示した。

女の子はうなずいた。そのとき、母親が薬罐をさげて戻ってきて、「あら」と笑いを含んだ声をあげた。「目隠し鬼でもやるの？　店は狭いから危ないですよ」

「いや、読心術。もう、とってもいいか」

「いいよ」少年は結び目をほどこうとしたが、固くこま結びにしたので手間取った。男はせっかちに、ハンカチを顎下にずりさげ結び目を前にまわして、自分でほどこうとした。

「ずいぶんきつく結んだな」

薬罐をカウンターに置いた母親が、体を乗り出して、手を貸した。母親の額が男の鼻先に近づいた。少年はちょっと嫌な気がした。男は軽くよけた。触るのもよけるのも、どっちも少年は気にいらなかった。

「今、この坊やが」と男は母親に説明した。

「この店にある物を何か一つ、心に決めた。それを当ててみせる」

「これですか」女の子は、抑揚のない声で言いながら、スツールを指した。

「ちがうな」

「これですか」次に指したのは、焼酎の一升瓶だ。男は少し考え込み、違うと首を振った。五、六回、「これですか」「違う」を繰り返した後、女の子がテレビを指して「これですか」と聞くと、男は「それだ」と、大きくうなずいた。

「ずるいや」少年は声を尖らせた。「二人、ぐるなんだもの。何回目に指したのがそれ、って前もって決めておくんだ」

「君は賢いな、坊や」

　頭を撫でられそうになり、少年は上体を後ろにひいた。

「この子と私は、もちろん共犯だよ。だが、回数を決めておくんじゃない。他のやり方だ」

助手を使った手品師が当て物をする話を、少年は雑誌の付録か何かで読んだおぼえがあった。タネもばらしてあった。手掛かりは、助手の質問の言葉だ。

　でも、女の子が男に与えた言葉は、「これですか」だけだった。テレビを指したときも、「これですか」だった。回数の他に考えられない。動作だろうか。耳たぶをつまむとか……耳は帽子に隠れているな。鼻の頭を掻くとか、片足を曲げるとか……。いや、女の子は身動きしなかった……。

「もう一度やってみて」

「手品は、二度はやらないものなんだよ。それ、八角じゃない？」

　後のほうの言葉は、母親に向けられた。珠簾のある側の棚に、ウィスキーの壜《びん》と並んでいる。駄菓子屋の飴の壺みたいな硝子《ガラス》瓶に入れてあるので、少年は以前、つまみ食いしかけたことがある。固くてまずくて、食べられたものではなかった。馬鹿だね、香りづけにするんだよ、と母親に怒られた。

「死んだ亭主が、焼酎に入れるのが好きだったんですよ。常連さんの中にもあれを入れるのが好きな人が何人かいて」

「俺は新顔だけれど、それを入れるのが好きな一人だよ」

　湯気の立つコップに二粒ほど入れると、「なつかしいな」と男はまず香りを楽しんだ。

「東京で行きつけだった店で、お湯割りをたのむと、必ずこれを入れるママがいたよ。八角を入れないのは邪道だという、確固たる信念を曲げない人でね」

「東京のお店って、きれいで賑やかなんでしょうね」

「俺の行きつけのその店は、ここよりずっと狭かったよ。カウンターだけだ。スツールが六つか七つ。『ドミノ』という店でね。ついでに言えば、そのママのミワコというのが、俺の妹。その狭い店に映画屋が集まって、酔っぱらったあげく喧々《けんけん》囂々《ごうごう》侃々《かんかん》諤々《がくがく》、しまいには殴り合い、取っ組み合いになるんだから、賑やかなんてのは通り越していた」

「映画屋？　お客さん、映画関係の方？　こっちにロケハンですか」

「俺は、しがないピンク専門。もう、やめたけれど。ピンクは、ロケハンなんて金のかかることはしないの」

「そうね。子供さん連れでロケハンはないですね」

ピンクという言葉を、少年の耳にとまらせたくないのだろう、母親は話題をねじ曲げた。

「映画っていえばね、ここで、撮ってたことがあるんですよ。つい最近」

「へえ、なんでまた、わざわざ。この辺、景色がいいとか？」

「まだ完成していないんでしょうね。このあたりは映画館ないけれど、ちょっとバスに乗れば、街にでられるから、映画をやるときは、案内を送ってくれるって、助監督さんだったかな、そう言ってたわ」

「監督はだれ？　何ていう映画？　役者はだれがきていた？」

「監督さん、何ていったかしら。聞いたんだけど忘れてしまった。有名な役者さんも女優さんもいなかった。変な映画だったわ。このごろ、〈蒸発〉する人って多いでしょ」

「まるで、流行みたいにな」

「家出なんて昔から珍しくもないけど、近頃のは、一家の主《あるじ》が、突然家族を捨ててふらっといなくなるんですものね」

「だれだって、蒸発願望はあるさ。もっとも、残された者から言えば蒸発だが、本人はちゃんと別の場所に存在している。〈蒸発〉を素材にした映画を撮っていたの？ ここで」

「蒸発した旦那さんを、奥さんが探すの。作り話じゃなくて、ほんとに旦那さんがいなくなっちゃった奥さんが、手掛かりのありそうな場所をたずねたり、知り合いに訊《き》いてまわったりするのを、ずっと映画に撮っているの」

「新手《あらて》の実験映画だな」

「俳優さんがひとりだけ、でていた。奥さんが訊《たず》ね歩くのを手伝って。この近くに旦那さんの知人がいるとかで、来るかもしれないからって、何日間だか、まあ、ここにも網をはってたのね。そのあいだ、奥さんと俳優さんが、よく、うちにきて、いろいろ話し合ってた。奥さんの愚痴に俳優さんがつきあってね、親切に訊いてあげていた。その様子も、全部映画に撮っているの」

「俳優ってだれだろう」

「名前は知らない。わたし、あまり映画見ないから。テレビではみかけない役者さんだった」

それでね、と、母親はくすっと笑った。「奥さん、その俳優さんを好きになっちゃったのよ。消えた旦那さんなんか、どうでもよくなったみたい。態度でわかるわ。それも全部撮影しているんだから。カメラの人とか、監督さんや助監督さんや、同じ店の中にいるのに、奥さん、もう、周りが目に入らないの。夢中になると、そういうものなんですねえ。あれ、ほんとに上映するのかしら」

「蒸発……」男はつぶやいた。そうして、投げやりな口調で言った。「この子の母親も蒸発した」

「お客さんの奥さん？　家出しなさったの？」

母親は声をひそめた。少年の耳には入らなかった。少年は、当て物手品のタネを一心に考えていたのである。

「いや、俺は女房はいない。この子の母親は、俺の妹」男の声は、苛立《いらだ》たしげになった。

「このお嬢ちゃん、姪御さん」

「そうだ」

「お嬢ちゃんのお母さんを、探していなさるの？」

男はうなずいた。

嘘、と、女の子が少年にささやいた。「蒸発したんじゃない。お母さん、死んだ」

謎解きに夢中な少年の耳を素通りした。

「わかった！　小父さん、俺が、小父さんに当てさせてやる」

意気込んで言った。

「小父さん、目をつぶってて。母ちゃん、なにか、当てる物決めて」

「大人の話の邪魔をするんじゃないよ」母親が叱ったが、「いいだろう、やってごらん」男が言い、「もう、ハンカチの目隠しはいらないだろう。こうやって、何も見えないようにしているから」と、両手で顔をおおった。指のごつごつした大きい手であった。

「口に出しちゃだめ」と、いそいで少年は母親を制した。「俺に指さして教えて」

面食らった顔で、母親は八角の入った硝子瓶に触れた。

「オーケー。小父さん、いいよ。目を開けて。俺が助手をやるからね。これですか」

少年はテレビを指した。

「違う」

「これですか」

「違うな」もっともらしく、男は応じる。

あれこれ、五つ六つ指してから、女の子のお下げ髪にちょっとさわり、「これですか」と訊いた。

「違う」

男の声は、不機嫌さをましたが、少年は気づかなかった。

「これですか」

八角の入った硝子瓶を指すと、

「それだ」

男はうなずいた。

「どういうこと？　どうしてわかったの」母親が驚嘆の声を上げたので、少年は得意になった。

「さっき、この子と小父さんがやったとき、テレビの前に指したのが、猫だったんだよ」

「今、猫は指さなかったじゃない」

「こいつ、黒いだろ」

「子供は、英語をよく知らないから、まっすぐに意味を理解するんだな」男が言った。「大人は、ブラック・アートと聞くと、黒い芸術と、無意識であっても翻訳している」

「〈黒の後〉なんだ」少年はますます有頂天になった。「ほら、髪の毛、黒いだろ」

お下げを握って、はね上げたのは、はしゃぎきっていただけだ。悪意なんか、ひとかけらもなかった。

はずみで帽子が脱げ、床に落ちた。三つ編みのお下げは、帽子に取りつけてあった。

襟足を刈り上げにした男の子の顔が剝き出しになった。

左の耳たぶに、華奢《きゃしゃ》な指輪が下がっていた。

男はスツールから立ち上がった。

「男の子はいらんのだ」凄みのある声を、子供に投げた。「ミワコの子は、女でなくては、だめだ」

子供の唇から血の気がひいた。

少年は、子供の手を握りしめた。

子供は、いきなり、帽子を蹴飛ばした。

「お前の母の髪を踏むな！」男の怒鳴る声を背に、子供は店の外に走り出た。

少年は後を追った。麦藁を突っ込んだ石鹼水の缶を、無意識にひっつかんでいた。

子供の足よりはよほど速い。すぐに追いついた。振り向いたが、男は追ってこなかった。

「海に行こう」子供と手をつないで、少年は誘った。「猫の渡りが見られるかもしれない」と少しあやふやに言った。手にある缶に気づき、「浜だと、大きいシャボン玉が作れる」きっぱり言った。

子供は、彼の手をきつく握りなおして、笑顔になった。

更紗眼鏡

月
影宿す
水底に漂い
流る笹小舟短き
睡り露の夢
消えて
漣
澪の痕
遠の眠りの
海底に漂い流る
兄君に捧げ
奉らん
灯

忘れ
去られた
笹小舟夜の川
さえ明る
くて

碧

熊笹の縁は鋭いので、指先が切り傷だらけになってしまう。

篠竹の葉の小さい笹舟なら作り慣れているけれど、長さも巾も十倍はある熊笹で作るのは、碧は初めてだった。

両端を折り、途中まで三つに裂いて、斜め十字に組み合わせると、平たい葉っぱは立体の舟になる。

ゲンは男の子なのに指先が器用で、碧がもたもたしている間にさっさと四つ作り終え、五つめにとりかかっていた。

両側から傾斜が迫った窪地を、小川は空を映しながら流れる。

日が暮れかかり、岸の露草の青は薄闇にまぎれかけていた。

昼の熱気が草むらにこもり、洗いざらしの筒袖の浴衣を付け紐で結んだだけのゲンは、つんつるてんの裾《すそ》前がはだけ、喉頸《のどくび》に薄く汗が滲《にじ》んでいる。

二人の間に置かれた紙箱には、小指の骨よりまだ細い蠟燭《ろうそく》が七本と、太い蠟燭が一本、そうして燐寸《マッチ》、薄い経木と小さい握り鋏《ばさみ》が入っている。

ずんぐりと太くて鈍重に見えるゲンの指は、巧みに熊笹をなだめ、折り紙を折るように舟に変える。

碧がゲンを知ったのは、数日前だ。碧が川べりにしゃがみ込み、水に手を伸ばしていたら、五つの碧より三つ四つ年上に見える絣《かすり》の筒袖に坊主刈りの男の子が寄ってきたのだった。そのとき碧は春の躰《からだ》を借りていなかったのに、ゲンは話しかけてきた。春は、ときどき碧に躰を貸してくれる。そんなに乗り出したら危ないよ。男の子に言われ、「なくしたの。落としたのかも知れない」碧は訴えた。「何を落とした?」「更紗眼鏡」碧が言うと「え、何、それ?」ゲンは問い返した。碧は両手を筒形にして重ね、右目に当てて、左手を動かして見せた。「こうやると、きれいなものが見えるの」「ああ、万華鏡のことか」ゲンは水を透かし、そんなものは落ちていないと言った。流れてしまったのかも知れないよ。そうゲンはなだめ、碧と並んで草に腰を下ろし、四角い紙をみせた。墨の文字を書き散らした反古《ほご》だった。太い指がちょっと動いたら、反古は帆掛け舟になって、ここを摘《つま》んで目をつぶれと男の子は言った。一つと数を数える暇もなく、目を開けていいよと言われた。帆を摘んだはずの碧の指が挟んでいるのは、舳先《へさき》に変わっていた。碧は目を見張った。反古は次々に、鶴になり兜《かぶと》になり、百合の花になったのだった。

碧が二つめの舟を作っている間に五つ作り上げたゲンは、握り鋏を巧みに使って、経木を小指の爪ぐらいの四角形に切った。「これをまっすぐ持っていて」太い蠟燭を碧に渡し、ゲンは燐寸を擦《す》った。

藪蚊が碧の手の甲にとまり、はたいたために蠟燭は大きく揺れ、燐寸はたちまち指を焦がしそうになり、ゲンは捨てた。「動かしちゃだめだよ」

「蚊が刺したの」

「どこ」

ぷくんと腫れてきたところを掻きむしりながら「ここ」と言うと、ゲンはいきなり唇を押しつけ、きつく吸った。唾《つば》を吐いてから「掻くと、蚊の毒が広がるよ」ゲンは諭した。

手品師のように、ゲンは箱からさらに二つの物を出した。一つは蚊取り線香で、ゲンはもう一度燐寸を擦って太い蠟燭に火をつけ線香の端《はし》を燃やした。蚊燻《いぶ》しの煙が細く立ちのぼった。

「忘れていたんだ、持ってきてるの」弁解し、もう一つの物の蓋《ふた》を取った。

「キンカン？」

「そう」

「沁みるからいやだな」

「効くよ」壜《びん》の先端を碧の手の甲に押しつけた。スポンジを通して液が皮膚を濡らした。ぴりっとした。

碧の、腕だの下駄を突っかけた足の甲だの脹《ふく》ら脛《はぎ》にも、まんべんなく塗り込んだ。「これで蚊が寄りつかなくなる」と言いながら、ゲンは自分の腕や足にも塗った。

傷のないところは沁みないけれど、蜜を塗ったようにべたつく。

三本目の燐寸を擦る。碧は太い蠟燭を、今度は芯に火が移るまで微動だにさせないよう、両手でしっかり持った。

碧の手にゲンは右手を添えて蠟燭を傾げ、滴《したた》る熱い蠟涙を左手に持った経木で受けた。うずたかく溜まった蠟涙に、細い小さい蠟燭を強く押しつけて垂直に立てる。

それから、太い蠟燭の火を、小指の骨より細い蠟燭に移す役目をゲンは碧に与えた。碧が緊張しながら役目を果たすと、ゲンはそれを笹舟にのせた。

川べりにしゃがみこみ、慎重な手つきで、水面に浮かべる。

太い蠟燭の火を消した。夜が濃くなっていた。

七つの笹舟にそれぞれ蠟燭の帆柱が立ち、小さい炎は旗になって靡《なび》く。

船出する。川底の石が顔を出しているところでは流れは乱れ、渦《うず》を巻き、二艘があえなく水中に没した。残りの五艘はつつがなく進み、川が屈曲するにしたがい、視野から消えてゆく。

作る苦心にくらべて、あっけなく流れ去った。

水面も岸の草も闇の色に塗り込められ、飛び交う蛍の淡い光りが増えた。

「蚊遣り、消そうな」ゲンがささやいた。「蛍まで追いやってしまうから」

舟の消えた水面には、一番星、二番星と星の数が増え、蛍と競い、音はなく静謐《せいひつ》なのに華やいだ。

お星がきらきらユーカリの、と碧は小声で歌った。歌っても、静かさを乱してはいないと感じた。葉音がさらさら鳴る浜で、いとし母さん泣きながら……

「ユーカリって、何？」

「知らないけど、南の島にある大きな樹みたい」

「俺、南の島は知らない」

「ゲンは父ちゃんがいなくて、母ちゃんは外地でお女郎屋さんやっていたでしょ」と、春が言った。春の躰は碧が今借りているので、口は動かなかった。「だから、ゲンと遊んだら叱られるんだ」声に出ないが、喋《しゃべ》っているのは春だ。碧はそんな意地の悪いことは言わない。第一、碧はお女郎屋さんが如何《いか》なるものか知らなかった。

星が散る川面《かわも》に、いびつな月が銀の裂け目を作って揺れていた。

二の腕で汗をしごき落とし、ゲンは浴衣を脱ぎ捨てた。下帯一つだ。下駄を脱ぎ、素足で水に入っていった。

昼間は、水遊びの子供たちが群れ、素肌に陽光を照り返し、川は賑やかなのだが、月の下では別の場所のようになる。

ゲンが大きく息を吸い込み、水に潜るのを、碧は見下ろしていた。

水の下で、ゲンは仰向けに躰をのばした。青白いゲンの上に、薄い透明な布のように水があった。そうして、ちょうど顔の上に月が映っていた。

「春ゥ」と呼ばわる声がする。提灯の明かりが近づいてくる。

「春ゥ。どこさいると」

「母ちゃんだ」春が言い、春の躰は提灯の方に走りだした。

碧はそっちに行きたくなかったので、取り残されてしまった。

「夜さり出歩くんでねえ。いつも言ってるべが」

母親が春を叱る声が、夕風に乗って流れた。

「童《わらし》は、夜、外に出るんじゃねえ」

腕を摑《つか》まれ引きずられて行きながら春はちょっと振り向き、肩をそびやかしてみせた。

春の躰がなくなってしまうと、碧は自分がどんな服を着ているのか、わからなくなる。一番好きだった白地に青い小さい花を散らした模様のワンピースかもしれない。それとも葬式の時に着せて貰った白い着物を着ているんだろうか。躰を失ったら、裸なんだろうか。夢の中で自分が何を着ているか意識しないように、碧は、どんな格好でいるのか気にしてはいなかった。

水音を立てて、ゲンが顔を出した。手のひらで顔の水を拭《ぬぐ》い、碧を手招いた。

怖いから嫌だ、と碧は首を振った。

「何が怖いの」

「泳げないもん。溺れるもん」

そう言ってから、もう溺れて死んだんだっけと思い当たった。

「ねえ、死んでたら、もう溺れないよね。苦しくないよね」

少し迷ってから、ゲンは、「苦しくない」ときっぱり言った。

碧はそうっと足を水につけ、それから全身を水に委ねた。

水を透かして見る月は、更紗眼鏡で見る模様みたいだった。

ざばりと音を立てて川からあがったゲンは、脱ぎ捨ててあった浴衣で、短い坊主刈りの頭から胸、腹、股の間、脚と、ざっと拭い、下駄を突っかけて草を踏みしだき歩き出した。

身ぶりで誘っているのがわかったので、碧はついていった。

だらだら坂をのぼる足に、草の蔓がからまる。ゲンは引きちぎり、指を濡らした粘っこい汁を葉っぱで拭《ふ》いた。「これの名前知ってるか」

碧が知っている雑草は、蓮華と蒲公英《たんぽぽ》、野菫《のすみれ》……そのくらいだ。

「藪枯らしっていうんだ。生え始めは弱々しいしおらしい草なんだけど、放っておくと根もとの茎がこれぐらい太くなって、蔓がそこら中に蔓延《はびこ》って、藪を一つ枯らしちまうの」

「怖いな」

「習字、やったことないだろ」

「ない」

「学校の授業に、習字の時間があるんだ。俺、筆で書くの嫌いじゃないんだけど、墨を磨《す》るのがめんどくさくてさ。濃くてねばねばの墨の方が、立派な字が書けるんだけど、なかなかそんなに濃くならないんだ。墨を磨るだけで授業時間の半分ぐらい潰れちゃう。この茎を硯に入れて擦ってみたんだ。そしたら、全然だめで、硯を一つ、ぺけにしちゃった。ロクさんになぐられた」

「ロクさんってだれ？」

「離れ鍛冶」

玄

外地の軍港街で料亭を経営していた母親が内地に引き揚げざるを得なくなったとき、たくさんの物を失ったが、玄が失ったのは、作り溜めた模型の数々だった。内地から送られてくる月遅れの少年雑誌には毎号いろいろな付録がついている。中でも、厚紙を切り抜き糊代に糊を塗って組み立てる戦艦が、玄は一番気に入っていた。

料亭の離れが玄と母親の住まいであった。隣り合う寮には、内地から渡ってきた芸妓や仲居が寝泊まりしていた。

離れは生け垣で隔てられているのだが、脂粉の濃厚なにおいが、風向きによっては離れにまで流れ込んだ。白粉《おしろい》や紅のにおいには酒のにおいや酔客の吐き散らした吐物のにおいも微かに混じっていた。

妓《おんな》たちに可愛《かわい》がられ、折り紙を教わりもしたけれど、玄は雑誌の付録のほうに惹《ひ》かれていた。ことに巡洋艦の模型作りは気に入っていた。霧島、金剛、榛名、比叡、それぞれの特徴や違いを、玄は見分けられた。

場所柄、料亭の客は海軍の将士が多く、軍と取引のある商人も出入りしていた。任期を終えて内地に帰る士官の送別会、新しく赴任した者の歓迎会と、賑やかな宴がしばしば開かれた。

その夜、玄は離れの庭に作られた池に、模型の巡洋艦を浮かべ、そっと押した。厚紙の舟に満遍なく蠟を塗って浸水しないように工夫を凝らしてある。筧《かけひ》から落ちる水が池に僅かな動きを与えているので、紙の舟は小揺らぎしながら水面の月を砕いた。

料亭の座敷から三味線にのせた賑やかな流行歌だの手拍子だの嬌声だのが聞こえてくるが、玄はそっちは無視してハモニカを吹いていた。メロディは、海軍士官を養成する江田島兵学校で歌われる『江田島健児の歌』だ。軍艦マーチは明るくて勇壮だけれど、江田島の歌の方が玄は好きだ。色で言えば、軍艦マーチが単純な真っ赤なら、『江田島』は原色ではなく、影と深みを添えた葡萄色だ。

「玲瓏聳《れいろうそび》ゆる東海の」と、背後で、ハモニカに合わせる歌声がした。酔い覚ましに庭に出て、離れの方まで迷い込んでくる酔客が時たまいる。歌声の主は、若い海軍士官であった。薄闇の中に詰襟《つめえり》の制服が仄白《ほのじろ》かった。

続けて、と目で促され、玄はハモニカを吹き鳴らした。

芙蓉の嶺を仰ぎては
神州男児の熱血に
我が胸さらに躍るかな

勇ましい歌詞なのに、士官の歌声はたいそう静かで、玄は胸の底に小さな疼《うず》きをおぼえた。

ああ光栄の国柱
護《まも》らで止《や》まじ身を捨てて

「金剛だね、これは」

士官は舟を指した。

蠟を塗ってあっても紙はやはり水には弱く、継ぎ目から浸水し始めていた。

「巡洋艦を沈没させてはいかんよ」そう言って士官はしゃがみこみ手を伸ばして舟を掬《すく》い上げ、池の縁《へり》に置いた。

柔らかい語調で言われたのに、玄はなんだか胸の疼きが強くなって、手の甲で瞼《まぶた》を横殴りに拭いた。薄暗いので、半泣きの顔は見られなかったと思う。

「軍艦が好きなんだね」

「うん」

母に厳しく躾《しつ》けられていた。大人に「うん」と返事をしてはいけない、「はい」と言いなさい。士官の口調が親しげなので、つい、友達相手のような返事をしてしまった。

「将来、海軍か？」

「はい」

「泳げる？」

「泳げます」

「潜れる？」

「はい」

酒宴のざわめきが、ときどき膨れあがり、はじけて静まる。また、どっと笑い声が上がる。

「水の中で目を開けていられるか？」

「うん……ああ、はい」

「水越しに月を見たことは、ある？」

「ううん」

士官はたぶん少し酔っていたのだろうと、後になって玄は思った。

服を脱ぎ捨て下着も脱いで、士官は白い下帯一つの裸身《らしん》になった。月光に縁取《ふちど》られながら池に入っていった。さして深くはない。一番深いところでも、水は士官の腋の下あたりだ。

大きく息を吸って、仰向けに、士官は裸身を水にあずけた。顔の上あたりに月の影が落ちていた。

玄は士官に倣《なら》って全裸となり水に足を浸した。水の中で仰向けに躰をのばした。瞼を開くと、厚い透明な水の層を透して、輪郭のさだかでない歪《ゆが》んだ月が、不思議な色で揺れていた。時々顔を上げて息を継ぎ、また水越しに、濡れて滴る月を仰いだ。

威勢のいい歌声が近づいてきた。数人の男の声だ。

見よ西欧に咲き誇る
文化の影に憂い有り
太平洋を顧り見よ
東亜の空に雲暗し

士官が歌ったのと同じ旋律なのに、荒々しい歓喜に充ちていた。

今にして我勉《つと》めずば
護国の任を誰《たれ》か負う

「何をしとるんだ」

酔った濁声《だみごえ》が降ってくる。

「おお、夕涼みにもってこいだな」

「俺たちもやるか」

士官の同僚と見える若い男たちは、いっせいに白い制服を脱ぎ、素肌を月に曝し、水を蹴散らして池に走り込んだ。

立ち上がった玄を、これもすっくと立った士官が、抱き上げて肩にのせた。

腕を組み、拳を突き上げ、七人の士官は歌った。

ああ江田島の健男児
時到りなば雲喚《よ》びて
天翔け行かん蛟龍《こうりゅう》の
地に潜むにも似たるかな
斃《たお》れて後に止まんとは
我が真心の叫びなれ

春

美術に格別な関心はなかった。デパートの最上階にある催し物会場に足を運んだのも、他の買い物があって来たら、全国珍味展を開催すると広告にあったので、買い物のついでに立ち寄ったにすぎない。

珍味展には一日早かった。会場の入り口には、『金剛舷作品展』と記した札が立っていた。赤ん坊を抱いているので、生活の役に立たない美術品をのんびりと鑑賞する気分ではなかったが、何気なくちょっと入ってみた。鉄とガラスを組み合わせたオブジェが展示されていた。具象なのか抽象なのか、わからない。作品から放たれる激しい力に引きずり込まれた。ステンドグラスを立体的にしたとでもいえばいいか。複雑な曲線を描く鉄のラインの間に、透明な彩色玻璃が嵌《は》めこまれ、内部にともった灯りが、蠟燭の火のように揺らめいていた。会場の照明は落としてあるので、内側から明るんだ玻璃は神秘的な雰囲気を漂わせていた。

客の数はそれほど多くはない。春のような買い物ついでという主婦にまじって、見るからに美術関係者という風体の者もいた。

片隅で来客の二、三と挨拶を交わしている大柄な男が金剛舷か。三角の布で毬栗《いがぐり》らしい頭を結び、作務衣のような藍染めの上下を着けていた。

入り口に近い壁に作者の略歴を記したボードが掛かっている。読みやすいようにスポットが当たっていた。

ぐずりかける赤ん坊をなだめながら、略歴を読んだ。昭和十一年、外地の軍港街で生まれ、敗戦までそこで育っている。私生児と明記されていた。料亭を営んでいた母親は、引き揚げ船の中で病死。鍛冶職人のもとで育つ。一時ガラス職人にも弟子入り。……というようなことが記されていた。

金剛舷が引き揚げてから暮らした土地は、春の郷里であった。

ゲン。その名前を持った子供を、春は知っていた。舷ではなく、玄だった。苗字は憶えていないけれど、ありふれた姓だった。でも年齢や経歴からみて、どうしても、あの玄としか思えない。

物々しい〈金剛舷〉という姓名は、ペンネームのようなものだろうか。

あの子と遊ぶんじゃないよ。大人たちからそう言われていた。外地の女郎屋の子だからね。女郎屋って何？　子供は知らなくていい。口にできないくらい悪い場所なんだよ。

玄を養っている鍛冶屋にも、皆は恐怖の混じった嫌悪感を持っていた。

小学校で習った唱歌では、村の鍛冶屋は頑固親父だけれど働き者で、敬愛されている。玄を養っていた鍛冶屋は、〈離れ鍛冶〉と呼ばれていた。

悪さをすると、離れ鍛冶が攫《さら》いにくるぞ。大人たちはそう言って子供を脅した。春もしばしば母親にそう言われた。

その恐ろしい離れ鍛冶に養われているために、玄はいっそう大人たちに疎まれていた。遊ぶなと言われても、同じ学級に転校してきた玄は春の隣の席になったので、教科書を見せてやらなくてはならないし——引き揚げの玄は教科書を持っていなかった——何かとつきあわねばならなかった。

恐ろしげに語られる〈離れ鍛冶〉がどんなものなのか、好奇心に駆られ、授業が終わって玄が帰宅するとき、春はそっと後をつけたことがある。

集落から離れた雑木林のあいだに、土壁の崩れかけた小屋が建っていた。玄は小屋の裏手に回って行ったが、春は戸を開け放した土間に目を奪われた。正面には炉の火が燃えさかり、鞴《ふいご》の風が送られるたびに音を立てて火は猛《たけ》り立った。鞴を操作しているのは、炉の前に腰を据えた男の、ぐいと開いてのばした左足だった。黒足袋の割れ目に鞴の把手を挟み、手の動きに応じて、風を送ったり止めたりしていた。やっとこではさんだ細長い、透明な火の塊にみえるのを、男は金敷に載せ、後ろ手に引き寄せた木箱から黒い粉をとって振りかける。その上に薄い鋼板をのせる。瞬時の作業なのに、透明な赤が少し鈍くなっている。再び炉の火に突っ込む。鞴の風が炉の火に命を与える。地金を引き出し鉄鎚で叩きのばす。

すべてが煤《すす》けてどす黒い中で、男も闇が凝った黒い塊に見えた。炉の炎と地金の赫《かがや》きの真紅だけが際だっていた。

沈黙を命じられたわけではないのに、声がでなかった。男がふと上げた視線が、春を射抜いた。ぞっとして、春は逃げ走った。——離れ鍛冶は、わたしのしたことを知っている……。

理由もないのにそう確信した。

夢中で走って、気がついたら川べりにいた。

ここには来たくないのに。また、碧に躰をとられてしまう……。

嫌だと言えば、碧は無理に借りようとはしないのだけれど、春は拒めないのだった。

都会に出、結婚し子供までできた今では、そんな迷信じみた考えは捨てている。妄想に過ぎない。

碧は都会から来た疎開っ子だった。親元を離れ、一人だけ来ていた。春の母親が遠縁に当たるので、あずかった。戦争が終わっても、誰も碧を引き取りには来なかった。

学校から帰ると春は遊び相手を言いつけられた。仲間と遊ぶのに小さい子は邪魔になる。大人の目のないところで邪険にしたら、碧は一人遊びをするようになった。

その日は、春は届け物を言いつけられ、半里ほど離れた知り合いの家に行った。碧を伴わないですんだのは、幼い子の足には遠すぎるという真っ当な理由があったからだ。日が暮れかかった帰り道、土手の上の道を行きながらふと見下ろした春の目に、川べりにしゃがみこんだ碧が映った。碧は遠眼鏡を見るように、円い筒を片目に当てていた。一人でいるとき、碧はその筒を目に当てていることがよくあった。好奇心を持って、「俺さにも見せらい」と手を出したら、碧は頑なに拒んだ。無理矢理取り上げようとする春の手に、碧は嚙《か》みついたのだった。春は反射的に突き飛ばした。碧は泣かなかった。

川べりの碧に声を掛けようかと思ったが、どうせあの筒は見せてくれないのだし、と先を急いだ。しかし、気になって、もう一度見下ろしたら、草むらに筒だけが残っていて、碧の姿は見えなかった。足を踏み外して川に落ちたのかも知れないという危惧が真っ先に浮かんで当然なのに、そのとき春の心を占めたのは、草にころがっている筒だった。春は土手を下りた。

紙筒をのぞいた目に映った色彩の夢幻変転が、春を狂わせた。忘我の時が過ぎ、筒の向こうの永遠は仄暗く青ざめた。陽が落ちたことを知った。月光のもとで春は、この妖美な存在の構造を確かめずにはいられなくなった。覗き穴のある側とは反対の部分を力任せに捻りはずしたとき、春の手に落ちてきたのは、夕焼けの破片、月の破片、天空の青の破片、ではなく、益体《やくたい》もないセルロイドの欠片《かけら》数枚だった。もはや筒の形をなさないボール紙は、細長い安手の鏡三枚を露わにした。春は身震いして残骸を川に投げ捨て、家に駆け戻った。

碧の葬いには、集落の大人たちがほとんど顔を出した。祭礼の時のように女たちは芋の煮転がしだの大根と油揚の煮付けだの、料理を作って大皿に盛った。赤飯ではなく白い飯なのが、祭りとは異なっていた。泣いている女がいるのを春は不思議に思った。春は悲しくはなかったが何だか怖かった。だから、野辺送りから数日経《た》って川辺に碧がいるのを見たときから、折節、躰を貸してやるようになったのだった。一月も経ったころ、碧は消えた。いなくなる少し前に、春は見ている。玄が、へぎ板で手作りした小さい舟にこれも小さい丸い筒を乗せて、川に流していた。それから玄は、懐からハモニカを出して何かメロディを吹いた。

その時と同じメロディが、金剛舷の展示会場に流れていた。むずかっていた赤ん坊は、春の腕の中で眠りに入っていた。

「いやあ、懐かしい曲を聴きますな」

太い声がして、春はその方を振り向いた。

品の良い白髪の老人が、金剛舷とおぼしい作務衣の男に話しかけていた。

「この曲は、貴君《あなた》が選ばれたのですか」

「あなた、そんな、初対面の方に馴れ馴れしい」と、そっと袖を引いて窘《たしな》めたのは、夫人らしい。これも白髪で、紬の和服を着ていた。「私どもは美術品には素人なのですが、音楽についつられて」老人は言った。「この曲がどういうものか、ご存じで流しておられるのですか」

金剛舷は頷《うなず》いた。「よく知っています」

「今ではもう、江田島の出身者以外は誰も知らないと思っていたが。江田島という名さえ、軍国主義の象徴と貶められるご時世だ」

「海軍さんは私たち女学生の憧れでした」と連れの夫人がそっと言った。「でも、戦後はそんなこと、口にできなくなりましたものねえ。あれも軍国主義、これも軍国主義。何もかも口を塞がれて、悔しい思いがいたしますわ。あちらの軍人は肩で風を切っていますのに」

「兵学校のご出身ですか」作務衣の男の問いに、「私は江田島は落ちたんですよ」老人は言った。

「おかげで生き恥をさらしている」

「これは何ですの」夫人が展示されたオブジェの一つを指して訊《たず》ねた。「形は万華鏡に似ていますけれど」

夫人が指すものに、春も目をやった。差し渡し七、八センチはある鉄の筒で、蔓草のように鉄線がからまりその間に彩色玻璃を嵌めこんだ重厚なものだ。

「そうです。万華鏡です」

「子供のころ、お祭りで買いましたわ。でもこんな立派なのではなく、紙の粗末なものでした」

「それが本来の万華鏡です」金剛舷は言った。「更紗眼鏡というやさしい呼び名にふさわしい。これは、重すぎます。実用には適さない」

「覗いてもよろしゅうございまして？」

「何も見えません」そう、金剛舷は言った。「外枠の筒は私の創作した工芸品ですから展示しましたが、これは、深夜、私ひとりが月の下で見るために作ったものです。封じ込めてあるのは、死者の断片です。筒の先端を回すたびに、三枚の鏡はその都度、違う物語を私に語ってくれる」

春は耳を塞ぎたい思いで会場を離れた。

折りよく扉の開いたエレベーターに乗り、地下の食品売り場まで下った。

中年の主婦だの小さい子供を連れた若い母親だのでごったがえしていた。

耳の中で鳴る音楽と脳裏に浮かぶ玄の姿、小さい碧の姿を、夕飯の献立を考えることで塗り込めようと、春はつとめた。

碧

「ロクさんってだれ?」

「離れ鍛冶」

「離れ鍛冶って、何?」

「離れ鍛冶は離れ鍛冶」

碧は片手の指を曲げて輪を作り、片目に当てた。ゲンも指を筒にし、碧の指の輪に重ねた。

「今度ね、更紗眼鏡、作ってやる」

「今度って、いつ?」

「今度は、今度」

碧の小指とゲンの太い小指がからまった。

魔王

遠い日の童話劇風に

伝へ聞く　海鳴りの底
稲妻の夜を裂くとき
かいま見ゆるは
人魚てふ怪《け》しき生類《いきもの》

（城内の私室《ケメナーテ》。石灰で白く塗った石壁。上手に天蓋をもった寝台。その足元に二つの長持。代赭《たいしゃ》の彩色もなくところどころ上塗りの剝《は》げ落ちた壁や、寝台の造りからみて、さしてゆたかな城ではないことがうかがわれる。壁に壁掛《タペストリ》あるも、薄闇にさだかならず。城主の若き奥方、窓辺にいる。傍らに侍女と小姓。

たえず崖に打ちつける波の音。

窓の外から、琵琶《リュート》の音と甘い歌声）

ああ、この眼が何の役に立とう
想うひとが見えぬなら

侍女　お聴きなさいませ。貴女様を慕って、歌っております。

波よ逆巻け　風よ狂え
夜の裂け目をひた疾駆《はし》る
嵐の王は今宵しも
北溟《きた》の館を訪《おと》なわん

小姓　恋の歌ではないような。

ああ、この腕が何の役に立とう
想うひとを抱けぬなら

侍女　恋の歌でございますよ。
小姓　厚皮《あつかわ》な。
侍女　はるか南の宮廷では、詩人たちが、身分高き女性《にょしょう》の美しさを讃え恋の歌を作り節づけし、たいそうにもて囃《はや》されておりますそうな。その数々の歌を、旅を重ねる遊歴の楽人たちが、歌い広めておりますそうな。この遠い北の海辺までも、吟遊楽人が訪れてきたのでございますねぇ。

ああ、この歌が何の役に立とう
想うひとにとどかぬなら

侍女　南の宮廷。そこは風も甘く、香《かく》の木《こ》の実《み》はたわわに、彩色《いろ》鮮やかな鳥が舞うとやら。

（侍女、燭台の灯で石の壁を照らす。そこに、華麗な壁掛《タペストリ》が。一瞬にして、風が灯を吹き消す）

侍女　奥方様、楽人をお召しなさいませ。南の歌をお聴きになりとうございましょう。

な忘れそ語らいを、契りし祈誓《やく》を
翼もつ蒼狼《あおおおかみ》の　双の眸《め》の炯《ひ》を

小姓　今宵はなんと、雨風の激しいことでございましょう。窓をお離れくださいませ。お髪《ぐし》が濡れますものを。

知らずや君よ、あくがれの
歌のさまよい出づるとき

　　快楽《けらく》の花の開くとき
　　なぜに我らは逢わざるや

侍女　健気なことでございますねぇ。嵐の叫びを消さんばかりに歌っておりますよ。

小姓　耳をお貸しなさいますな。

妃　（独白）誓ったのであれば、よかった。私ひとりの呟きであったよ。いま、起請しようか。否とよ。届きまいらせはすまい。

　　罪とや君はのたまうや
　　語りたまえな一度二度
　　三たび重ねて説きあかせ
　　なぜに我らは逢わざるや

侍女　（独白）もしやして、南の楽人は、わたしの為に歌うているのではないのかしら。逢おうと誘いをかけているのかしら。わたしは、罪とは思わない。なぜ逢わぬと訴えている。逢いましょうとも。わたしなら。いつなりと。

小姓　此方《こなた》、そのように窓から身を乗り出しては危うい。危うい。はて、解《げ》せぬ。この窓の下は……。

爪立《つまだ》てばとて、人ひとり
あるべうもなき絶崖《きりぎし》の
雪崩《なだ》るる涯《はて》は滄溟《わだのはら》
飢ゑて群れなす魚鱗《いろくづ》や
鉄の腮《あぎと》の深海魚《ふかみうを》

小姓　おお、それ、歌は途絶えた。妖かしの惑わしは、我らがそれと気づけば消ゆるもの。奥方様。お気を強うおもちあそばせ。さすれば、魔魅のつけいる隙などございませぬ。

（扉の鉄輪を叩く音）

侍女　何方様《どなた》。

司祭　（声のみ）私じゃ。

（奥方、ふいに蒼白《あお》ざめ、身を固くする。手燭をもち司祭が入ってくる）

波よ逆巻け　風よ狂え
夜の裂け目をひた疾駆り

嵐の王は近づけり
北溟の館は崩れなん

司祭　この臭いは何じゃ。腥《なまぐさ》い。

羊飼いの顔したお上人は
真実《まこと》を言えば金狂い
罪はお金で贖《あがな》える

司祭　奥方様には、未だ御寝《ぎょし》なされませなんだか。お祈りはすまされましたか。伯爵様の御武運強からんことを、主《しゅ》に祈られましたか。

羊の皮着たお上人は
真実を言えば人殺し
羊の皮に血の雫《しずく》

小姓　いまごろ、我が殿は、おん主《あるじ》を讃える御《み》旗翻《はたひるがえ》る天幕で、熟寝《うまい》の床についておられましょうか。御陣屋の周囲《まわり》には、串刺しにされた異教徒どもの生首が、籬垣《ませがき》をなしておりましょうね。

侍女　血腥い話は、嫌々。
小姓　私もお供をいたしとうございました。未だ騎士の叙任が済まぬ身ゆえ、留守居を仰せつけられましたのが、歯痒《はがゆ》うございます。
司祭　此方らがついておりながら気のきかぬ。灯をともしたがよい。主《しゅ》の御力により滅び果てた、古《いにしえ》、神々と呼ばれたものらに、闇は命を与える。
（壁のここかしこに取り付けられた鉄の輪に差し込まれた松明《たいまつ》に、小姓と侍女は火をともすが、吹き込む風に忽ち消される）
司祭　愚かなことを。窓の扉を閉ざすのが先であろうに。
妃　いま暫《しば》し、窓は開けておきましょう。
侍女　扉を閉ざしては、楽人の歌が聴こえませぬものねぇ。
小姓　いや、窓の下は……。あれは……。
侍女　折角の壁掛《タペストリ》が、煤《すす》と煙でだいなしになります。それゆえ私どもは、松明を灯さずにおりましたのでございますよ、司祭様。窓を閉ざせば、なおのこと、煤がこもります。
司祭　（手燭を壁掛にかざし）これは見事な。いや、なんと淫らな。
（灯が照らすのはわずかな部分ゆえ、司祭は苛立《いらだ》って手燭をあちこちに動かす。一瞬灯を受けてはまた闇に没する果樹。花木。楽人。極彩色の華やかな衣裳《いしょう》の男女）

侍女　このほど、旅の商人が、御領内を安穏に通行する貢税に、献上いたしたのでございます。生憎《あいにく》、我が殿は異教徒征討の十字軍に参戦なされお留守ゆえ、ここにこのように飾りました。
司祭　怪しからぬ図柄じゃ。早々にとりはずされよ。
侍女　それはご無理というものでございます。壁に掛けるときは、十人の男手が必要でございました。もはや従者も下男どもも引き下がりました。見張りは楼上におります。御用を承るのは、私と、この騎士見習いのお子だけ。
小姓　私を子供とは、聞き捨てならぬことを。
侍女　春の聖霊降臨祭に叙任の式を終えるまでは、まだ子供。
小姓　女子《おなご》でなければ、御前の試合に引き出して、叩きのめしてくれように。
妃　妾《わらわ》は憩《やす》みましょう。（司祭に）ご案じ遊ばすな。祈りは忘れませぬ。
小姓　では、私は次の間に控えておりますれば。（下手、袖の陰に去る）
司祭　お休みなされ。淫らなことは、ゆめさらお思いにならぬよう。主の平安を。

マタイよ　マルコよ　ルカよ　ヨハネよ
妃が寝台を祝福し給《たま》えかし
寝台の四隅を
妃が頭《つむり》の四方を

一人は見張り　一人は祈り
二人は妃が魂を護《まも》り給え

（司祭は下手の扉から部屋の外に出るが、鍵穴から覗く。

侍女は、寝台用棒で、敷布と飾り覆いをのばし、匂い袋をおく。泊夫藍《サフラン》の香りが仄《ほの》かに漂う。

侍女は妃の衣裳を脱がせる）

葩《はな》びらを一ひら剝いだ
白いわたしが薄紅くなった
葩びらを二ひら剝いだ
薄紅いわたしが紫になった

（脱いだ衣裳を、侍女は横木にかける）

葩びらをもう一ひら毟《むし》った
紫のわたしが蒼白ざめた
葩びらをもう二ひら毟った
蒼白《あおじろ》いわたしが海の色になった

（寝衣となった妃は寝台に横たわり、侍女は天蓋をおろし、手燭を持って部屋を出る。室内は暗黒。侍女は鍵穴から覗いていた司祭と鉢合わせする）

　羊のふりしたお上人は
　真実を言えば色好み
　僧衣《ころも》の陰から蛇の舌

司祭　驚かすつもりではなかったのだよ、可愛《かわい》い子や。お前にちょっとした贈り物があってな。渡そうと待っていたのだよ。
侍女　何でございましょう。
司祭　あちらでな。（二人、袖に去る）

（窓から吹き入る烈風、天蓋をひきちぎる。妃は起き上がり、窓辺に立つ）

　波よ逆巻け　風よ狂え
　嵐の王よ　疾《と》うきたれ
　有翼蒼狼《あおおおかみ》にうち乗りて
　死せる戦士《もの》らを引き具しつ

きたれ　きたれ　疾うきたれ

（同時に、壁掛け、裏から光が射したように輝く。悦楽の苑の絵が、立体となり、活人画のような人々が動きだす。刈り込まれた生け垣。群がり咲く白百合、泊夫藍《サフラン》、菫《すみれ》、薔薇、緋衣草《ひごろもそう》、茴香《ういきょう》、罌粟《けし》。噴泉のほとりで、楽人たちはさまざまな楽器を奏《かな》で恋の歌を歌う。若い葡萄が陽射しから身を護る影をつくり、微風が林檎《りんご》や胡桃《くるみ》や柘榴《ざくろ》の実をゆらす。大広間の宴に集う騎士たちの装いはとみれば、あるは純潔の白と愛の芽生えの緑、あるは激しく燃える恋の赤と誠実を示す青、二色振り分けの華美な服にマントの裾《すそ》をなびかせ、肩に宝石の留金が煌《きらめ》き、恋の囁《ささや》きを受ける貴婦人たちは、未婚のものなら花輪の髪飾り、既婚であれば金襴の角型頭巾に面紗を垂らし、錦織の裳裾も長く。折しも、料理のあいだの余興の時。金色の角を持った鹿が歩み出る。またがった少年芸人は、真紅の天鵞絨《ビロード》の服。や、これは、かの小姓と同一人物ではないか）

少年　御覧《ごろう》じませ。これは南の蠱惑《こわく》の宴。世にまたとなき力自慢の闘士ども。死力を尽くして闘います。

（喇叭《らっぱ》が鳴り響き、古代の闘士のいでたちにて、力持ちの芸人ふたり、組んずほぐれつ。

一方が他方を組み敷き、腰のだんびら抜き放ち、首を斬って落とすや、噴き上がった血飛沫《ちしぶき》は火龍の姿となり、躍動し、宙を横切り、窓辺の妃に迫る。

されど、妃の周辺のみは、薄氷《うすらひ》の壁の繞《めぐ》らされたるが如くにて、火龍は達する能わず。火龍消え、舞台ふたたび赫《か》っと明るむや、力持ちの姿なし）

少年　ほんの御座輿。恐怖は快楽に座を譲ります。さて、やんごとなき奥方様。迷うことなく、この悦《よろこ》びにお浸りなされませ。だれあって、咎《とが》めるものはおりませぬ。お目を閉ざされますな。

（花咲き乱れる苑に、綺美なる衣裳の娘。や、これは、かの侍女と同一人物ではないか。道化。や、これは、かの司祭と同一人物ではないか。

少年が鹿の背を下り、楽人の手から琵琶《リュート》をとって奏で高い美しい声で歌う。

娘と道化は歌にあわせて下卑《げび》た仕草《しぐさ》）

妙《たえ》に清らの常乙女《とこおとめ》
我をな咎めそ　我が恋を
ああ　我が眼《まみ》にそそぎたる
やさしき笑みは毒のごと

こころゆるして我が胸に
しばし憩えよ　くれないの
こころも重ねて眠れかし

はやも摘まなんその柔芽《にこめ》
時はすぎゆく　時はゆく
今宵摘まずばその色も
しばしを待たで褪《あ》せはてん

妃　見苦しい。

（寝台の足元、二つの長持の蓋《ふた》開き、一つからはぬめぬめと若い膚の半裸《はんら》の青年、もう一つからは南国風の美女、顕れる）

恋を知らずに死んだ北の娘は
水泡《みなわ》のように冷たい人魚になるよ
七つに折れた弓で
破《や》れヴィオロンの糸扱《こ》くばかり

妃　恋知らぬとは誰《た》が言いし。我は我とてひとすじに、聖《ゆゆ》しき君に恋いわたり……（思わずそう言いさして、はっと口を噤《つぐ》む）

（男と女は、愛し合う手本を見せるかのように、睦みあう。彼らの膚に、ときおり光る小さな鱗《うろこ》の数片。宙を舞う五彩の鳥の群れ。騎士や貴婦人たちも接吻しあい、抱擁しあう）

くちびるは何のためにある
熱い雫を呑むため
この谷は何のためにある
露の花咲くため

（人々の顔、おびただしく増え、さらに、縦菱、横菱、段々並びに重なり、網の目のようになり、波の水泡《みなわ》の膨れ顕れ消えまた顕れるが如きさま。顔たち、吐息のごとく歌う）

ああ、この眼が何の役に立とう
想うひとが見えぬなら

（顔たちは窓辺の妃の方に押し寄せる）

ああ、この腕が何の役に立とう
想うひとを抱けぬなら
ああ、ああ、この歌が何の役に立とう
想うひとにとどかぬなら

（妃が思わず漏らした小さい吐息が、薄氷のごとき壁を破ったか、水泡に似た顔たち、どっと妃を押し囲む）

妃　去《い》ね、妖かし。色の夢魔。
奇怪《あや》しとも　はた疎ましとも

（泡たち、妃の寝衣を毟り破る）

愛楽《あいぎょう》　さても　懐かしとえ
あらじ　あらじ　さにあらじ

（水泡の顔々いずれも、真ん中に波斯《ペルシャ》わたりの桃の実にも似た一筋の溝の走るや、かっぱと割れて、妃を包み込まんとする。妃の顔は泡に覆われる。妃、悶《もだ》えて必死に抗《あらが》う）

嘗《な》めてしんぜようの
口吸うてしんぜようの
膚《はだえ》も蕩けようの

爛《ただ》れ腐《ほた》れし南のやから
去ねと念《おも》へど労《いた》はしや
喉《のど》ふたがれて声は出《い》でず

嘗めてしんぜようの
口吸うてしんぜようの
膚も蕩けようの

妃　（渾身の力をこめて叫ぶ）オーディーン！

（吹き入る激しい嵐。泡は吹き散らされ、闇。灯入ると、妖かしは壁掛けの絵となり、室内はすべてことともなし。

窓辺に立つ妃は、すでに衣裳をまとっている)

(扉の鉄輪を叩く音。鋭く響く。

殿のご帰館、と呼ばわる声。

扉、ぎいと開く)

(螺旋状《らせん》にねじった大蠟燭《ろうそく》をたてた枝付きの大燭台を、それぞれ掲げた従者たち。

騎士たち。そうして、城主である伯爵。

二人の旗手が、十字の旗と伯爵の紋章を縫い取った旗をそれぞれ掲げる。

小姓、侍女、司祭もつき従う)

伯爵　奥よ。主の凱旋を出迎えぬのか。

　奥よ。妻の務めを果たせ。

(窓辺にある妃、振り返る。妃の瞼《まぶた》は閉ざされている)

伯爵　まいれ。近うまいれ。喜び迎えよ。其方《そなた》が主のたてたる勲《いさお》の輝かしきを言祝《ことほ》げ。

(妃動かず)

伯爵　陣にあって、其方《そなた》を案じぬときはなかった。貞節であろうか。どのような誘惑の手も払い退ける気高さを、忘れずにおるであろうか。陣では遊び女《め》を抱いた。幾人《いくたり》抱いても、其方ほどやわらかい膚の女はおらなんだ。敵の砦を崩し、異教徒の女どもを組み敷いた。いずれも、易々と我が意に従うた。悦びの声さえあげたぞ。女はたやすく靡《なび》くもの。我が妻は如何《いかが》あろうか。主の留守の間に、どこまで志操堅固でありつづけるか。儂《わし》は試した。北の海の人魚どもに命じてな、奥方を誑《たぶら》かしてみよと。

（嘆くようなすすり泣くような幽かな声。オーディーン。幾つもの、悲しい声。オーディーン）

（妃、動かず）

伯爵　万が一にも誘いにのり、身を汚すことあらば、帰館しだい、其方の首を斬り落とし、人魚どもの餌食にくれてやるところであった。其方は、操を守り抜いたそうな。人魚の長《おさ》が儂に告げた。お妃様にはまことに操正しく、いかなる誘いも拒み通されました、とな。褒《ほ》めてとらそう。もそっと近う寄れ。

（妃動かず、伯爵のほうから数歩近寄る）

伯爵　其方は、何ゆえに、瞼を閉ざしておる。目を見開け。其方の夫をしかと見よ。ここには、此方を誑かそうものは、もはや、誰一人おらぬ。

（や、壁掛けの人々の顔に、薄い笑いが浮かんだような）

伯爵　瞼を開け。
妃　縫い閉じました。
伯爵　何ゆえ。誘《いざな》うものらを見ぬためにか。心迷わぬためにか。そうまでして、儂への操を守り抜こうとしたのか。いとおしや。此方の瞼の裏には、貞操を誓うた儂の姿のみが刻まれておるというのか。縫い閉じたとあらば、糸を切ろう。儂が切ってやろう。
妃　お寄りなされますな。妾が自ら縫い閉じたのは、氷の糸。貴方様の刃をもってしても、断ち切れるものではありませぬ。
伯爵　氷の糸であるならば、儂の口づけで、溶かそう。
妃　なりませぬ。
伯爵　儂を拒むのか。祭壇の前で誓うたではないか。
妃　妾は、貴方がたの崇める神に誓いは致しませんでした。妾の神は、北の海、北の大地を創《つ》造《く》り給い、九つの世界を統べ給い、野獣の毛皮をまとった狂戦士《ベルセルク》をしたがえ、戦いの空を走る、畏怖《おそろ》しくも聖《ゆゆ》しき御方。貴方は十字の旗のもと、力ずくで妾を娶《めと》られましたが、妾の神への誓いまでも奪うことはおできになりませぬ。
伯爵　未だに、野蛮な異教の神を捨てぬのか。
（人魚たちの嘆きの歌）

ああ、お許しください
神々の中の至高の神

風の吹きさらす樹に身を吊るし
秘文字の知恵を会得《えとく》された大神
我らがオーディーン
貴方様を裏切って
人の王に従いました

ああ、お許しください
貴方様の空と海と大地を侵した
人の王に跪《ひざまず》きました
貴方様の怒りが恐ろしい

妃　かつて、この地の王族は、「王の勝利と支配のために」と、あの御方に杯を献じました。戦いで斃《たお》れた戦士は、あの御方のものでした。今や、戦士の空は十字の旗に覆われ、あの御方のお姿を崇められなくなりました。

伯爵　言うな。異教徒。（と、太刀の柄に手をかける）

妃　十字の旗が如何《いか》にあれ、嵐の王、詩の神にして死を司り給う我らが大神は、北の空、北の海を、およそ人が瞬き一つなす間に、人の一期《いちご》を超えた時を馳《は》せ行かれます。その敏捷《すばや》さ。人の〈時〉では追いつけませぬ。妾は、人の〈時〉を捨てました。命絶ゆるまで、瞬きすることのなきよう、両の瞼を縫い閉じました。

伯爵　蛮族め。邪教の輩《やから》め。

妃　（渾身の力をこめて叫ぶ）オーディーン！　御身に、妾のすべてを捧げまいらせん。

（吹き入る嵐。輝きをはなち疾駆する二頭の有翼蒼狼。周囲を固める狂戦士《ベルセルク》たち。二頭の蒼狼を踏まえてその背に立つは、北溟《ほくめい》の海と大地を創造せる嵐の王、北方ゲルマンの最高神オーディン。妃には目を向けず、前方をみつめるのみ。妃、蒼狼の背に飛び乗る。オーディンは前方をみつめたまま、片腕をのばして妃を支える。妃は、オーディンの前鞍に立つ形にて、二頭の蒼狼に足を踏みしめ、立つ）

妃　恋知らぬとは誰《た》が言いし。我は我とてひとすじに、聖《ゆゆ》しき君に恋いわたり……

波よ逆巻け　風よ狂え
夜の裂け目をひた疾駆り
嵐の王は今ここに
北溟《きた》の館は滅亡《ほろ》びなん

（吹きすさぶ風に、十字の旗と伯爵の旗は翻弄される）

小姓　奥方様。私もお側に。（短刀で瞼を切り裂き、嵐の中に突入する。狂戦士の一人が小姓を抱き留める。瞼から血を滴《したた》らせつつ、小姓は戦士の群れに加わる）

（十字の旗はぼろぼろに裂け、伯爵と騎士らは打ち倒され、司祭と侍女は抱き合っておののく）

波よ逆巻け　風よ狂え
夜の裂け目をひた疾駆る
嵐の王は……

（蒼狼を駆るオーディンと妃、戦士たち、嵐の中空へ飛び行く。いつのまにかあらわれていた泡のような人魚たち、床にひれ伏し、歌う）

ああ、お許しください
神々の中の至高の神

風の吹きさらす樹に身を吊るし
秘文字の知恵を会得された大神
貴方様を裏切りました

伯爵　（かろうじて立ち上がり、十字の旗をしっかと立て）うぬらは滅びるのだ。滅びるのだ、我が主の御前《みまえ》に。（轟《ごう》とすさぶ風に、旗もろとも、よろめき伏す。伏しながら顔のみあげ、弱々しく）滅びるのだ……。戻ってきてくれ、妻よ……。

（風音凄まじく、稲妻走り……）

伝へ聞く　海鳴りの底
稲妻の夜を裂くとき
かいま見ゆるは
人魚てふ怪《け》しき生類《いきもの》

青髭

「兄さん、兄さん。あれは何。森の奥から金色の光りが。みるみる近づいてくるわ。羽ばたく鳥のように。榛《はしばみ》の樹々の間を見えかくれに」

「怖がることはないよ、妹。かわいい妹。おまえの髪のほうが美しい金色だよ」

「兄さん、兄さん。あれは何。金色の輝きはお陽《ひ》さまを覆いつくすわ。榛の梢の上で、お陽さまは毛布《けぬの》のように黒ずんだわ」

「怖がることはないよ、妹。かわいい妹。何であろうと、ぼくら三人がおまえを護《まも》る」

「兄さん、あれは馬車だわ。黄金の馬車。六頭の馬が、たてがみを振りたてて走ってくるわ。地獄の使いのような馬だわ。瞳は紅《あか》く、吐く息は青い炎のようだわ」

「怖がることはないよ、妹。かわいい妹。地獄の使者であろうと、ぼくら三人がおまえを護る」

深い昏《くら》い森に抱きつつまれ、娘は父親と三人の兄とともに暮らしていた。森の外にでたことはなく、父親と三人の兄以外の人間をこれまでに見たことはなかった。

兄たちは狩の名人であった。上の兄の弓ははるか蒼穹《そうきゆう》を舞う鷹を射落とし、中の兄の槍《やり》は獰猛《どうもう》な猪《いのしし》を突き刺し、下の兄の刃は狼の咽《のど》を切り裂いた。

ただひとりの女の子である妹娘は、父親と三人の兄のために機《はた》を織り、食事をつくった。

父親はといえば、何もしなかった。

「兄さん、黄金の馬車に乗っているのは、男だわ。りっぱな身なりの。真紅の上着の襟《えり》は金の縁《ふち》取《ど》り。王様かしら。大勢のお供を従えて」

「王だろうと、だれだろうと、妹よ、おまえに危害を加えさせはしない。ぼくら三人がおまえを護る」

小屋の前で、馬車は止まった。

「兄さん、兄さん。男の人がおりてくるわ。あの人の髭《ひげ》は青いわ。油に浸した針金のような青い髭が唇のまわりから顎《あご》まで縮れているわ」

青髭の男は小屋に進み入り、父親はひざまずいて、その手をおしいただいた。

「尊い御方様。私どもに何の御用がおありなのでしょうか。私どもは貧しく、お気に召すようなおもてなしは致しかねます」

青髭は腰に下げた革袋を父親の前に放った。床に落ちた袋は、金貨の触れあう心地よい音をたてた。

「其方《そなた》の娘を妻にもらいうける」

のらくら暮らしで肉のたるんだ指をのばし、父親はずっしりと持ち重りのする革袋をすばやく手のなかにさらいこんだ。

「差し上げますとも。どうぞお連れくださいませ」

「兄さん、ああ、兄さん。わたしは怖いわ。兄さんたちから離れて遠いところに行きたくはないわ」

「行かせはしない。妹。かわいい妹」上の兄は弓に矢をつがえ青髭に狙いをさだめた。

「行かせるものか。妹。かわいい妹」中の兄は槍の穂先を突きつけた。

「行かせないとも。妹。かわいい妹」下の兄は刃を抜き払った。

しかし、その前に、青髭は娘を片手で抱き、足は父親の背を踏みつけ、もう一方の手に握った短刀の切っ先が娘の咽首にふれた。

父親は兄たちにむかって、手向かいをするなと懇願《こんがん》した。

「怖がることはない。娘よ」と、切っ先で脅しながら青髭は囁《ささや》いた。「私の言うことを聞きさえすれば、栄耀栄華《えいようえいが》をさせてやる。拒むなら、父親を踏みつぶし、おまえの咽を裂く」

娘は黄金の馬車にのせられた。その寸前、兄たちに耳打ちした。

「兄さん、兄さん。お願いよ。危険が身に迫ってわたしが呼んだら、助けにきてね」

「どんなに遠いところにいようとも」上の兄が言い、

「どんな大きな獲物を目の前にしているときでも」中の兄が言い、

「駆けつけるとも。即座に」下の兄が誓った。

そうして三人はかわるがわる妹に口づけした。


連なる岩山のあわいに聳《そび》えたつ山城は、みごとなものであった。若い后《きさき》のために、贅沢《ぜいたく》な食事、豪勢な衣裳《いしょう》、数々の宝石が待っていた。

しかし、召使らしい者はひとりもいなかった。娘が望む前に、すべてのものがととのえられるのであった。

青髭は娘をかわいがったが、娘のこころは空虚だった。抱かれると鳥肌が立った。

城の高い塔にのぼり窓から見下ろすと、岩山の裾《すそ》には赤紫のエリカの咲き乱れる野原がひろがり、その先は樅《もみ》や唐檜《とうひ》や山毛欅《ぶな》の森につづき、ひろがる空は絶望的な孤独を娘にあたえた。

青髭に与えられる衣裳は襞《ひだ》のかげに寂寥《せきりょう》をしのばせ、食事を口に運ぶと憂愁《ゆうしゅう》の味が舌に残った。


長い旅に出ると青髭は告げ、真鍮《しんちゅう》の輪に通した鍵の束を娘にあずけた。何十とある鉄の頑丈《がんじょう》な鍵のなかに、一本だけ、華奢《きゃしゃ》な金色の鍵がまじっていた。

「城のなかのどの部屋の扉を開けようと、おまえのこころのままだ。おまえはこの城の女主《あるじ》だ」

しかし、と、男は剛《かた》い荒い毛の生えた指を娘の前にたて、戒《いまし》めるように振った。

「この小さい金の鍵だけは、使ってはならん。もしこの鍵を使って禁じられた部屋に入ったら、おまえの命はないものと思え」

青髭の馬車が遠ざかるのを娘は塔の窓から見送った。馬車が見えなくなると、娘は孤独感が少し薄れるのをおぼえた。

大きい鉄の鍵を使って、娘は次々に扉を開いてみた。

ある部屋は、宝石にみちていた。ある部屋は花々が香りをはなっていた。ある部屋は無数の蝶が鱗粉《りんぷん》をふりこぼして舞っていた。ある部屋は天井から壁、床まで鏡をはりつめてあった。

鉄の鍵は全部使った。最後に、小さい金の鍵が残り、まだ開けていない扉がひとつ残った。

小さい金の鍵は娘の掌《てのひら》のなかで、燃える石炭のように熱くなった。娘は鍵を穴にさしこんだ。ほとんど力を加えなくても、待ちかねていたように鍵はまわり、扉が開いた。

床はおびただしい血で彩《いろど》られていた。乾いた血の上に瑞々《みずみず》しい血が盛り上がり、静かに渦《うず》を巻いていた。壁には六人の女の死骸《しがい》が吊り下がっていた。一番古いものは骨ばかりになり、ほかのものは腐肉がくずれ落ち、一番新しいものは紫の死斑《しはん》が肌に浮き出ていた。自分が七人目の妻であることを娘は知った。

娘は部屋を飛び出したが、はずみで鍵を床に落とした。拾い上げると鍵には血のしみがついていた。拭《ぬぐ》っても拭っても、血は落ちなかった。娘は鍵を納屋《なや》の干し草のあいだにかくした。

その翌日、青髭が城に帰ってきた。

「鍵をよこせ」

「なくしました」

「すぐに探し出せ」

娘は干し草のあいだから鍵を取り出した。血のしみは薄れもせず残っていた。

「禁断の部屋を開けたな。さあ、おまえの命をもらうぞ」

青髭は大きな鉞《まさかり》を武器庫から持ってきて、砥石《といし》で研《と》ぎはじめた。

鉞の刃はぬめぬめと光った。

「お願いです。殺される前にお祈りをさせてください」

娘の顔を見つめ、「いいだろう」と青髭はうなずいた。

娘は石の螺旋《らせん》階段をかけのぼり、塔のてっぺんにたどりついた。

「兄さん、兄さん。三人の兄さんたち。助けてください」

風が娘の声を森にはこんだ。

樫《かし》の大樹の根方で冷たい葡萄酒を飲み交わしている兄たちの耳に、妹の声はとどいた。彼らは立ち上がり、馬に飛び乗った。

妹の耳には、青髭が刃を研ぐ音が聴こえた。

「まだ、お祈りは終わらないのか」

「もう少し待ってください」娘は頼み、

「兄さん、兄さん。三人の兄さんたち。助けてください」と叫んだ。

エリカの花叢が揺れ、土埃《つちぼこり》が舞い上がるのを娘は見た。

「おい、お祈りはもう終わったか」

「まだです。もう少し待ってください」娘は頼んだ。

三人の兄たちが、エリカをかきわけ馳《は》せてくるのが遠くに見えた。

「研ぎ終わったぞ。こい」青髭がのぼってきて娘の髪を摑《つか》み、ひきずった。

「兄さん、もう最後です。早くきてください」

「いま行くぞ。妹。もう一息だ」

末の兄の声が、かすかに聴こえた。

青髭は娘をひきずって螺旋階段を下りた。

娘の細い首をめがけ鉞をふりあげたとき、窓から飛び入った矢が男の腕に突き立った。

つづいて投げられた槍が、青髭の胸を貫いた。

走り寄った兄の刃が青髭の咽を裂いた。

三人の兄は、青髭の骸《むくろ》を、彼の妻たちの死骸が吊るされた部屋の壁に並べて吊るした。

兄たちはかわるがわる妹を抱いて、森にむかって馬を駆った。森は彼らを抱き入れた。

連禱

清水邦夫&アントワーヌ・ヴォロディーヌへのトリビュート

扉を背負って　歩いてる
長靴おっ母《か》さん　今日も行く
扉が重くて　歩けない
長靴きつくて　歩けない

祭壇に靴を捧げた。踵は磨《す》り減り、つま先は破れていた。僧侶が、クバルガイの頭に口づけした。長靴おっ母さんここに眠る。クバルガイの頭の十字に裂けた傷口は、涙の色の水を湛える。

老婆たちが歌う。長靴おっ母さんここに眠る。羨望にみちて、老婆たちは歌う。老婆たちには死も眠りもない。長靴おっ母さんここに眠る。かつて、老婆たちは、裁判所に乗り込んだ。

涙の色の水をのぞき込めば。法廷になだれこむ老婆たち。数十人。手に手に機銃を、持って。被告席に立つのは彼女らの孫どもだ。意気地なしめと叱咤する婆ちゃんら。反抗するなら死ぬまでやれ。たてつづけに火を吹く銃口。検事判事皆殺し。ついでに弁護士も撃ち殺す。轟く警報。鉄扉が閉ざされる。長靴おっ母さんここに眠る。

銃弾忽ち尽きる。ホリゾントを背に、両袖から客席、非常口まで、機銃をかまえた一隊に取り囲まれる。飛び交う銃弾。老婆の群れ、すべてうち伏す。血潮は流れて川をなし修羅の巷《ちまた》か新宿蠍座。ライト消せ。地軸揺らぎ、天地晦冥。千年の静寂《しじま》。Light on! 森羅万象死屍累々。生ある者絶えて無し。観客もまた骸《むくろ》。やがて、ひとり、またひとり。立ち上がった老婆らは皆、若者に変容、して、いた。弾丸なき銃を構えて、横たわる死者をまたぎ、客席通路を出口に向かう。

血の色のない若者たち、は。長靴おっ母さんここに眠る。

血の色のない若者たちが、新宿大通りを進む。先頭に立つ若者の背に、蠍座の黒い扉。倒れ伏し、また起ちあがり、進む。

頭蓋を割るのに刃物を用《もち》いてはなりませぬ。円規《コンパス》の針を頭頂に刺し、円弧を描けば。自ずと十字に割れます。頭蓋がケルト十字を思い起こすからです。嘘つけ。思い起こすなら轡《くつわ》十字だろう。どちらにしても、十字に割れます。大地も割れます。黒髪は静かに銀色になり、若者は老婆となり、千年の時を経てなお死なぬ。都市は崩壊し再び興り崩壊し、深い亀裂《きれつ》の底に没し、数度の変容を操り返した後は、老婆はもはや老い萎《しな》びたまま。なれど死は訪れぬ。長靴おっ母さんここに眠る。

歩めども歩めども、擂《す》り鉢状の蟻地獄。クバルガイの頭蓋の中。クバルガイは十字に裂けた頭をのぞく。擂り鉢の底の目玉がクバルガイを、見つめ返す。目玉が静かに潤み、涙を流す。擂り鉢は水槽になる。湖になりたがる。

湖になる前に目玉は溶けた。

祭壇の上に天井はない。壁もない。限りなくひろがる。地平線もなくひろがる。ゆえに、存在するのは非在である。天と地は無限の平行平面である。地は、その下の層の天である。天の上面は、上の層の地である。幾重にもかさなる。ああ、ミルフィユね。食べられません。地平線なきがゆえに、陽《ひ》は昇らず、はたまた沈まず、月も星も、昇ることなく沈むことなし。

不滅の老婆たちは、死の恩寵《おんちょう》を得た長靴おっ母さんを羨みつつ歌う。扉を背負って　歩いてる

長靴おっ母さん　今日も行く　扉が重くて　歩けない　長靴きつくて　歩けない

扉に潰され　死にました　平たくなって　死にました

先頭に立つ者は死ぬのです。栄光は二番手の上に耀《かがや》きます。死んだ者は愚かと嗤《わら》われ嗤うのは栄光を得た者です。栄光はいらない。死が欲しい。それなら先頭に立ちなさい。扉を背負って歩きなさい。クバルガイよ、それが私の戒《いまし》めだ。

おっ母《かあ》は、ぼろ布でクバルガイよ、お前を造った。床を磨いたぼろ布だ。油がたっぷり染みている。

臣民人民民衆大衆国民民族わたしは何?

僧侶はチェーンステッチで十字の割れ目を縫合する。さらにクロスステッチをほどこす。老婆たちが一針ずつローズステッチで修飾する。

クバルガイが扉を背負ったら、鏡板が割れた。床に落ちた。足首に食い込む罠の歯。引き抜いたら足首が裂けた。扉を踏みつぶした。勢い余って床が抜けた。地面の底まで垂直に落ちた。さらに突き抜ければ、下の層の天が破れて、阿鼻叫喚《あびきょうかん》の天変地異だろうが、突き破る寸前でとどまった。それでも天に亀裂ぐらいは走っただろう。人々（棲んでいるのは人か?）はおののいただろう。クロスステッチが千切れ、十字の割れ目から水が溢《あふ》れた。水の底で歌っていた老婆たち、

水と一緒に、外にこぼれ落ちた。

　クバルガイは、探す。背負うものを。何もないね。続く者もいないね。先頭にも二番手にも、しんがりにもなれ、ない。ね。

　生きているから歩く。足が踏むのが擂り鉢だろうと、歩く。食べ、排出し、眠り、目ざめ、食べる。食い物がなければ屍肉を喰らえ。死者がなければ殺して喰え。と、老婆たちが歌う。不死で不滅でずだぼろの老婆たち、が。頭陀袋のような老婆たちが。

　飢え死にするほうがましだ。クバルガイは思い、飢えた。死んでもいいのだが、飢餓は苦しい。自分の指を食べた。十指ことごとく喰い尽くし、腕を喰い、足を喰い、それでもなお死なぬ。飢餓にのたうつ。

老婆たちは歌う。長靴おっ母さんここに眠る
ンパパ、ン、ワァ、長靴おっ母さんここに……

「鴉よ、おれたちは弾丸をこめる」
「無力な天使たち」に
そして不滅の少女矢川澄子に

あとがき

雑誌などに単発で書いた掌編、短編は、その場限りで消えることが多いです。その一つ一つを、日下三蔵さんは丹念に掬い上げ、一冊の単行本にまとめてくださいました。『影を買う店』に蒐集してくださった諸作は、不特定多数の読者にわかりやすく、という軛《くびき》のない場で書いた、幻想、奇想――つまり私がもっとも偏愛する傾向のもの――がほとんどです。

消えても仕方ないと思っていた、小さい野花のような、でも作者は気に入っている作をよみがえらせてくださった日下さん、そうして本にしてくださった編集の方に、言葉では言い尽くせない感謝を捧げます。幻想を愛する読者の手にとどきますように。

皆川博子

編者解説

日下三蔵

この『影を買う店』は、九十年代後半から今年（二〇一三年）までの約二十年間に発表された単行本未収録作品をまとめた皆川博子の幻想小説集である。こうした傾向の短篇集としては、初の幻想小説集『愛と髑髏と』（八五年一月／光風社出版）や、九十年代の作品を集めた『結ぶ』（九八年十一月／文藝春秋）の系譜に連なるものだ。

世評が高かった『結ぶ』は、なぜか文庫化されないまま取り残されていたが、同時期の未収録短篇四篇を増補したうえで、本書と前後して創元推理文庫に収められることになった。まだお読みでない方は、ぜひ本書と併せて楽しんでいただきたい。両者を続けて読むことで、幻想小説における著者の技巧が、どんどん研ぎ澄まされていくさまが、ハッキリと確認できるはずである。

二〇一三年には皆川博子の著作が十四点（上・下巻の長篇があるから書籍としては十五冊）も

刊行される予定である。文庫化されなかった初期作品を再編集した出版芸術社の〈皆川博子コレクション〉全五巻を含むとはいえ、これは驚異的な点数である。

七二年に『海と十字架』（偕成社）で単行本デビューして以来、翌年の七三年を除いて著作が刊行されなかった年はない。だが、ほとんどの年が一～四冊のペースで、九八年の十冊、九三年の九冊が目立つ程度。ここに来て新作と旧作の刊行が相次いでいるのは、時代が皆川博子に追いついてきたからだ、としか言いようがない。

二〇一三年に刊行された作品の一覧は、以下のとおり。

3月　少年十字軍　ポプラ社（新作長篇）
5月　皆川博子コレクション1　出版芸術社（再編集）
　　　皆川博子コレクション2　出版芸術社（再編集）
7月　妖恋　ＰＨＰ文芸文庫（短篇集・文庫化）
　　　皆川博子コレクション3　出版芸術社（再編集）
8月　海賊女王　上・下　光文社（新作長篇）
9月　開かせていただき光栄です　ハヤカワ文庫ＪＡ（長篇・増補文庫化）
　　　皆川博子コレクション4　出版芸術社（再編集）
10月　鳥少年　創元推理文庫（短篇集・増補文庫化）
11月　皆川博子コレクション5　出版芸術社（再編集）
　　　影を買う店　河出書房新社（新作短篇集）　※本書

結ぶ　　創元推理文庫（短篇集・増補文庫化）

12月　アルモニカ・ディアボリカ　早川書房（新作長篇）

少女外道　　文春文庫（短篇集・文庫化）

出版芸術社の〈皆川博子コレクション〉は、七〇年代、八〇年代に刊行されながら、文庫化されることなく入手困難となっていた作品を再編集して復刊したもの。極めて質が高いにもかかわらず、これらの作品群が埋もれてしまったのは、リアリズム全盛の出版界——社会派ミステリからトラベルミステリに至る推理小説界も例外ではない——において、幻想の世界を追求する皆川作品は、読者からも編集者からも充分な理解が得られなかったためだろう。

著者自身、インタビューなどで好きな小説を問われると必ず「異端文学」と呼ばれる作品を挙げているから、それを目指した皆川作品が、また「異端」のポジションに甘んじてきたのは必然であった。ミステリ中篇『壁——旅芝居殺人事件』（八四年九月／白水社）で日本推理作家協会賞、時代長篇『恋紅』（八六年三月／新潮社）で直木賞を受賞している著者を「異端」扱いするのは気が引けるが、ジャンル小説の分野ではその力量が高く評価されても、作者が目指す幻想の世界は、やはり広く受け入れられるものでなかった。

七〇年代の未収録短篇をまとめた『ペガサスの挽歌』（一二年十月／烏有書林）の解説で、編者の七北数人氏は、こう述べている。

かくも愚かしい文壇にあって、皆川博子は自分が本当に書きたいものを決して見失うことはなかった。売れなくても、単行本化されなくても、幻想的な作品を書き続けた。

この『ペガサスの挽歌』や『悦楽園』（九四年九月／出版芸術社）といった初期作品集を読むと、七〇年代には著者の幻想小説は、主にミステリや犯罪サスペンスの形を借りていたことが分かるが、これが近年の『結ぶ』や本書になってくると、ジャンルの定型から抜け出して幻想のための幻想、いわば純粋幻想小説とでもいうべき境地に達している。これは著者自身の進化を示すと同時に、読者の方にもこうした不思議な小説を受け入れ、楽しむゆとりが生まれてきたことの証明でもある。先ほど「時代が皆川博子に追いついてきた」と述べたのは、そのことを意味しているのだ。

ここで本書の収録作品の初出一覧を掲げておこう。

影を買う店　『凶鳥の黒影』河出書房新社（04年9月）
使者　『異形コレクション29　黒い遊園地』光文社文庫（04年4月）
猫座流星群　『異形コレクション20　玩具館』光文社文庫（01年9月）
陽はまた昇る　『黄昏ホテル』小学館（04年12月）e－NOVELS
迷路　「銀座百点」99年5月号
釘屋敷／水屋敷　『怪しき我が家』MF文庫ダ・ヴィンチ（11年2月）
沈鐘　「小説新潮」95年3月号
柘榴　『エロチカ』講談社（04年3月）e－NOVELS

真珠　「クロワッサン」98年7月25日号
断章　『異形コレクション5　水妖』廣済堂文庫（98年7月）
こま　『異形コレクション10　時間怪談』廣済堂文庫（99年5月）
創世記　『異形コレクション34　アート偏愛』光文社文庫（05年12月）
蜜猫　『猫路地』日本出版社（06年5月）
月蝕領彷徨　『異形コレクション37　伯爵の血族　紅ノ章』光文社文庫（07年4月）
穴　『異形コレクション39　ひとにぎりの異形』光文社文庫（07年12月）
夕陽が沈む　『異形コレクション43　怪物團』光文社文庫（09年8月）
墓標　「小説すばる」07年11月号
更紗眼鏡　「小説すばる」08年11月号
魔王　『稲生モノノケ大全　陽之巻』毎日新聞社（05年5月）
青髭　『絵本・新編グリム童話選』毎日新聞社（01年7月）
連禱　「ジャーロ　47号」13年春号

ご覧のとおり、二十一篇のうち実に十五篇までが、オリジナルアンソロジーに発表された作品である。海外では新作書下しのアンソロジーは古くからあったが、日本ではアンソロジーといえば既発表作品をテーマに沿って編んだものが主流で、オリジナルアンソロジーは少なかった。

だが、作家の井上雅彦氏が編者となって九八年にスタートした〈異形コレクション〉シリーズが成功したことで、日本でもオリジナルアンソロジーが盛んに刊行されるようになってきたのである。〈異形コレクション〉がエポックメーキングだったのは、小説雑誌が長篇連載ばかりを歓迎して短篇作品の発表の場がなくなってきたことに対するアンチテーゼとして、書き手の側からの要望で生まれた企画という点である。

不特定多数の読者を意識しなければならない小説誌と違って、オリジナルアンソロジーはターゲットとなる読者層が最初から絞られているため、「純粋幻想小説」を発表するにはうってつけの舞台であった。本書所収の諸篇においても、活字を図形のように組むタイポグラフィの技法を駆使してみたり、自身が愛誦する詩歌や小説を下敷きに想像力の翼を羽ばたかせてみたりと、いっさいの制約から解き放たれた作者の真骨頂が堪能できる。

個別の作品についていくつか補足しておくと、本多正一の監修による『凶鳥《まがどり》の黒影《かげ》』は副題に「中井英夫へ捧げるオマージュ」とあるように、諸家が中井英夫についてのエッセイや小説を寄稿した一冊。「影を買う店」は、もちろん中井の「影を売る店」を踏まえたトリビュート短篇である。「影を売る店」は「ショートショートランド」八一年七月号に発表され、作品集『夜翔ぶ女』（八三年一月／講談社）に収められた。中井英夫の代表作『虚無への供物』が講談社から塔晶夫名義で刊行されたのが六四年二月。作中に登場するM・Mのモデルと思しき作家が亡くなったのが八七年。これで作中でのおおよその時間経過は把握できるだろう。

〈異形コレクション〉は前述のとおり、井上雅彦の編による書下しアンソロジーのシリーズ。第十五巻までは廣済堂文庫、第十六巻以降は光文社文庫から刊行されている。各巻ごとにテーマが設定されており、参加作家による競作集といった趣がある。「遊園地」「玩具」「美術」「怪物」などのテーマはアンソロジーのタイトルから想像がつくだろう。『伯爵の血族　紅ノ章』は吸血鬼テーマ、『ひとにぎりの異形』はショートショートを特集している。

『アート偏愛』に発表された「創世記」は、井上雅彦、奥田哲也、友成純一、皆川博子の四人が写真家の谷敦志氏の作品とコラボレーションしたコーナー「天然の魔・人造の美　谷敦志パノラマ館」に掲載された。今回、谷さんにご協力いただき、初出のままの体裁で単行本に収録することができた。特に記して感謝する次第です。

『黄昏ホテル』『エロチカ』は、作家が共同で運営して自作を販売するオンライン書店「e-NOVELS」の企画から生まれたアンソロジー。『黄昏ホテル』は同じホテルを舞台にして二十人の作家が書いた短篇をまとめたもの。『エロチカ』はタイトルのとおり、八人の作家による官能小説集である。

「迷路」が掲載された「銀座百点」は、銀座百店会が発行する小冊子。書店で売っている雑誌ではなく、銀座の老舗に置かれている。「迷路」は「銀座百点」掲載作品をまとめたアンソロジー『銀座24の物語』（〇一年八月／文藝春秋→〇四年十二月／文春文庫）にも収められた。

東雅夫の編による『怪しき我が家』は、「家の怪談競作集」と銘打たれたホラー短篇集。『猫路地』も同じく東氏の編による猫ファンタジーの競作集である。

「小説すばる」の掲載短篇は写真小説集『ジャムの真昼』（〇〇年十月）や宇野亞喜良とのコラボ作品集『絵小説』（〇六年七月）として集英社から刊行されているが、「墓標」と「更紗眼鏡」は、その後に発表された実験的な作品。内容からいって実験作を多く含んだ本書に収録するのが、もっとも収まりがいいと思う。

東雅夫の編による『稲生モノノケ大全　陽之巻』は、江戸時代の怪異集『稲生物怪録』に材を採った作品を集めたオリジナルアンソロジー。『絵本・新編グリム童話選』は、九人の女性作家が独自の解釈でグリム童話の原話をリライトしたものである。

光文社のミステリ専門誌「ジャーロ」は皆川博子の第十六回日本ミステリー文学大賞受賞を記念して、第四十七号で「皆川博子特集」を組んでいる。山田正紀、篠田真由美、井上雅彦の三氏によるトリビュート短篇、ロングインタビュー、全著作リスト、そして新作短篇「連禱」で構成された五十五ページに及ぶ大特集である。この「連禱」は現在のところ、著者の最新短篇ということになる。

本篇の掲載ページには、日本ミステリー文学大賞の「受賞のことば」が添えられているので、ここでご紹介しておこう。シエラザード像は日本ミステリー文学大賞の正賞である。

西條八十の古い詩を読んでいました。〈自分の鉋で削り／自分の鑿で刻み／自分の刷毛で塗った／この赤い仮面の恐ろしさよ、／工人は戦慄《おのの》いてゐる。〉そうして八十はまた、別の詩で、懐かしい死者たちに語ります。〈懐から蒼白《あをざ》め、破れた蝶の死骸を取り出〉し、〈一生を子供のやうに、さみしく、これを追ってゐました〉と。

物心ついたときは、すでに物語の海に溺れていました。おぼつかない手つきで、自分でも紡ぐようになって、ふと気づいたら、四十年を経ていました。八十路に踏みいった生の半ば近くになります。踏み跡は葎《むぐら》に消え、創り出したものの中には、再読に耐えぬ醜いものもあり、そのとき、この大きい重い賞をいただくことになりました。これに勝る励ましがありましょうか。編集者、読者、本造りに関わる多くの方々に支えられてきたと、深く思いを致します。破れた蝶ではなく、私の手にあるのは〈シエラザード〉の像でした。

〈異形コレクション〉『江戸迷宮』（一一年一月／光文社文庫）掲載の「宿かせと刀投出す雪吹哉《ふぶきかな》―蕪村―」や、『近藤史恵リクエスト！ ペットのアンソロジー』（一三年一月／光文社）掲載の『「希望」』など、内容や発表時期の関係で本書に収録しきれなかったオリジナルアンソロジー発表作品はまだあるが、これらもいずれ短篇集にまとまることを期待したい。

だが、とりあえず本書が現時点での皆川幻想小説の最新の、そして最良の成果であることは間違いない。同好の士には必ずや堪能していただけるものと確信している。どうか一篇一篇、じっくりとお楽しみください。

新装版のための追記

二〇一三年に編んだ皆川博子さんの幻想小説集『影を買う店』が、新装版として復刊されることになった。解説は、刊行時のものを、ほぼそのまま再録したが、その後の皆川作品の刊行状況を、少しだけ補足しておきたい。

出版芸術社の〈皆川博子コレクション〉は好評を承けて、第二期五巻（一四年七月～一七年九月）が刊行され、全十巻のシリーズとなった。〈異形コレクション〉『江戸迷宮』の「宿かせと刀投出す雪吹哉―蕪村―」は、その第十巻『みだれ絵双紙 金瓶梅』に収録。このシリーズでは、文庫化されていなかった著書十六冊と短篇五十八篇、エッセイ三十四篇をまとめることが出来た。

一度は文庫化されたものの入手困難になっていた長篇ミステリについては、柏書房の〈皆川博子長篇推理コレクション〉（二〇年四〜七月／全四巻）で、八作を復刊した。

ミステリ短篇集では、単行本版と文庫版の収録作品をすべて収めた『トマト・ゲーム』（一五年六月）がハヤカワ文庫から、『水底の祭り』を増補した『鎖と罠』（一七年七月）が中公文庫から、幻想小説集では、『薔薇忌』（一四年六月）が実業之日本社文庫から、『ゆめこ縮緬《ちりめん》』（一九年九月）と『愛と髑髏と』（二〇年三月）が角川文庫から、それぞれ復刊された。

長篇時代小説は、『花闇』（一六年十二月）、『みだら英泉』（一七年三月）、『妖櫻記』上・下（一七年八月）が河出文庫から、『写楽』（二〇年七月）が角川文庫から、『恋紅』（二四年三月）および第二部『散りしきる花』（二四年四月）が春陽文庫から、それぞれ復刊。春陽文庫では、本書と前後して『会津恋い鷹』が刊行され、続いて『乱世玉響《たまゆら》』もラインナップに加わる予定だ。

新作だが、講談社の読書エッセイシリーズは、『辺境図書館』（一七年四月）、『彗星図書館』（一九年八月）、『天涯図書館』（二三年七月）の三冊が刊行された。河出書房新社からはエッセイをテーマ別に集成したシリーズ〈皆川博子随筆精華〉として、『書物の森を旅して』（二〇年九月）、『書物の森への招待』（二一年七月）、『書物の森の思い出』（二二年十月）の三冊を刊行。

本書に続く未刊行作品集としては、『夜のリフレーン』（一八年十月／KADOKAWA→二一年二月／角川文庫）、早川書房から『夜のアポロン』（一九年三月）を刊行。さらに、河出書房新社から、本書と前後して『昨日の肉は今日の豆』が刊行される。懸案の「『希望』」は、同書に収録。もちろん、こうした再刊本の他にも、新作長篇やその文庫版が刊行されているのだから、読者としては良い時代に生まれ合わせたものだと痛感する。

初出 ◉

影を買う店　『凶鳥の黒影』河出書房新社／二〇〇四年九月
使者　『黒い遊園地』光文社（光文社文庫・異形コレクション29）／二〇〇四年四月
猫座流星群　『玩具館』光文社（光文社文庫・異形コレクション20）／二〇〇一年九月
陽はまた昇る　『黄昏ホテル』小学館（e-NOVELS）／二〇〇四年一二月
迷路　「銀座百点」銀座百店会／一九九九年五月号
釘屋敷／水屋敷　『怪しき我が家』メディアファクトリー（MF文庫ダ・ヴィンチ）／二〇一一年二月
沈鐘　「小説新潮」新潮社／一九九五年三月号
柘榴　『エロチカ』講談社（e-NOVELS）／二〇〇四年二月
真珠　「クロワッサン」マガジンハウス／一九九八年七月二五日号
断章　『水妖』廣済堂出版（廣済堂文庫・異形コレクション5）／一九九八年七月
こま　『時間怪談』廣済堂出版（廣済堂文庫・異形コレクション10）／一九九九年五月
創世記（写真＝谷敦志）　『アート偏愛』光文社（光文社文庫・異形コレクション34）／二〇〇五年一二月
蜜猫　『猫路地』日本出版社／二〇〇六年五月
月蝕領彷徨　『伯爵の血族　紅ノ章』光文社（光文社文庫・異形コレクション37）／二〇〇七年四月
穴　『ひとにぎりの異形』光文社（光文社文庫・異形コレクション39）／二〇〇七年一二月
夕陽が沈む　『怪物團』光文社（光文社文庫・異形コレクション43）／二〇〇九年八月
墓標　「小説すばる」集英社／二〇〇七年一一月号
更紗眼鏡　「小説すばる」集英社／二〇〇八年一一月号
魔王　遠い日の童話劇風に　『稲生モノノケ大全　陽之巻』毎日新聞社／二〇〇五年五月
青髭　『絵本・新編グリム童話選』毎日新聞社（毎日ムック）／二〇〇一年七月
連禱　清水邦夫＆アントワーヌ・ヴォロディーヌへのトリビュート　「ジャーロ」光文社／二〇一三年春号

皆川博子
MINAGAWA HIROKO

★

一九三〇年生まれ。七二年『海と十字架』でデビュー。七三年「アルカディアの夏」で小説現代新人賞を受賞後、ミステリ、幻想小説、時代小説、歴史小説等、幅広いジャンルで創作を続ける。八五年『壁――旅芝居殺人事件』で日本推理作家協会賞、八六年『恋紅』で直木賞、九〇年『薔薇忌』で柴田錬三郎賞、九八年『死の泉』で吉川英治文学賞、二〇一二年『開かせていただき光栄です』で本格ミステリ大賞、同年日本ミステリー文学大賞、二二年『インタヴュー・ウィズ・ザ・プリズナー』で毎日芸術賞、二四年『風配図　WIND ROSE』で紫式部文学賞を受賞。一五年文化功労者。

影《かげ》を買《か》う店《みせ》

★

二〇一三年一一月三〇日　初版発行
二〇二四年一一月二〇日　新装版初版印刷
二〇二四年一一月三〇日　新装版初版発行

著者★皆川博子
編者★日下三蔵
発行者★小野寺優
発行所★株式会社河出書房新社
〒一六二-八五四四　東京都新宿区東五軒町二-一三
電話★〇三-三四〇四-一二〇一［営業］　〇三-三四〇四-八六一一［編集］
https://www.kawade.co.jp/
組版★株式会社創都
印刷★株式会社亨有堂印刷所
製本★大口製本印刷株式会社
Printed in Japan

ISBN978-4-309-03943-5

皆川博子——好評既刊

単行本

風配図 WIND ROSE

日下三蔵 編
皆川博子随筆精華　書物の森を旅して
皆川博子随筆精華II　書物の森への招待
皆川博子随筆精華III　書物の森の思い出

皆川博子の辺境薔薇館
Fragments of Hiroko Minagawa

河出文庫

花闇
みだら英泉
妖櫻記 上・下

河出書房新社